WEIHNACHTEN NACH WERWOLF-ART

DIE GROSSSTADT-LYKANER

BUCH SECHS

EVE LANGLAIS

Copyright © 2023 Eve Langlais

Englischer Originaltitel: »Werewolf Noel (Big City Lycans Book 6)«
Deutsche Übersetzung: Noëlle-Sophie Niederberger für Daniela Mansfield Translations 2023

Alle Rechte vorbehalten. Dies ist ein Werk der Fiktion. Namen, Darsteller, Orte und Handlung entspringen entweder der Fantasie der Autorin oder werden fiktiv eingesetzt. Jegliche Ähnlichkeit mit tatsächlichen Vorkommnissen, Schauplätzen oder Personen, lebend oder verstorben, ist rein zufällig. Dieses Buch darf ohne die ausdrückliche schriftliche Genehmigung der Autorin weder in seiner Gesamtheit noch in Auszügen auf keinerlei Art mithilfe elektronischer oder mechanischer Mittel vervielfältigt oder weitergegeben werden.

Titelbild entworfen von: by Melony Paradise of ParadiseCoverDesign.com © 2023

Herausgegeben von: Eve Langlais www.EveLanglais.com

eBook ISBN: 978-1-77384-466-4
Taschenbuch ISBN: 978-1-77384-467-1

Besuchen Sie Eve im Netz!
www.evelanglais.com

PROLOG

Es war Weihnachten, und Kylie konnte es kaum erwarten, ihre Geschenke unter dem Baum zu sehen. Für die oft vernachlässigte Elfjährige war es das einzige Fest, auf das sie sich freuen konnte, die einzige Zeit im Jahr, in der ihre Eltern sich beinahe vertrugen. Erst gestern Abend hatten sie sich früh weggeschlichen und in ihrem Zimmer laut Musik gespielt. Sie wollte lieber nicht darüber nachdenken, was passiert war, nur dass es kein Geschrei der schlechten Art war. Um ein lebenslanges Trauma zu vermeiden, trug sie im Bett Kopfhörer, die sie mit beruhigenden Meeresgeräuschen in den Schlaf wiegten.

Sie wachte früh und voller Aufregung auf. Dieses Jahr würde nicht so enttäuschend werden wie das letzte, als ihr Vater entlassen worden war und sie nicht einmal genügend Geld für einen Truthahn gehabt hatten. Er hatte bald darauf einen besseren Job bekommen, und erst letzte Woche hatte sie gehört, wie ihr Daddy Mommy erzählte, dass er einen Umschlag mit Bargeld hinterlassen hatte, um die Rechnungen zu bezahlen, und noch genügend übrig sei, um Kylie ein paar Geschenke zu kaufen.

Im Flur vor ihrem Zimmer war es still, die Tür zum Zimmer ihrer Eltern stand ein Stück offen. Schliefen sie noch? Sie sah nicht nach. Sie ging zur Treppe, wobei sie ihr Bestes tat, um nicht hinunterzusprinten. Sie wollte den Moment auskosten. Als sie die letzte Stufe erreicht hatte und ins Wohnzimmer ging, blieb sie stehen, einen Fuß halb in der Luft, vor Fassungslosigkeit erstarrt.

Der Baum war umgestürzt, der Engel, der die Spitze krönte, lag zerbrochen auf dem Boden. Der Baumschmuck war überall verstreut, der Großteil davon nur noch Scherben.

Ihre Mutter saß schluchzend und mit rotem Gesicht auf der Couch, eingewickelt in ihren schäbigen rosafarbenen Bademantel, die Wimperntusche vom Vorabend verschmiert und in schwarzen Streifen auf den Wangen.

»Geht es dir gut, Mommy?« Kylie ging sehr vorsichtig vor. Da sie ihre Mutter schon einmal so gesehen hatte, wusste sie, dass ihre Stimmung in verschiedene Richtungen schwanken konnte. Die meisten davon waren schlecht für Kylie.

»Es wird mir gut gehen, jetzt, da der Mistkerl

weg ist.« Sie putzte sich die Nase an der Weihnachtsdecke, die über der Couch lag.

»Daddy ist weg?« Das war nicht gut. Er war der ruhige Elternteil, der sie abschirmte, wenn Mom einen ihrer Schreikrämpfe bekam.

»Willst du darüber jammern? Das solltest du nicht. Er ist ein beschissener Ehemann. Ein beschissener Vater. Und ein beschissener Versorger. Ich sagte ihm, ich bräuchte mehr Geld für Geschenke. Aber er meinte, er hätte mir genügend gegeben. Und sieh an, was du bekommst? Nichts.«

Die Behauptung lenkte Kylies Blick auf den umgestürzten Weihnachtsbaum, unter dem sich kein einziges eingepacktes Geschenk befand. Ein Blick auf den Esstisch zeigte, dass dieser mit mehreren Stangen Zigaretten beladen war. Genug, um Mom eine Weile zu versorgen.

Als Geschenk würde sie Passivrauch einatmen dürfen. Großartig.

Anstatt zu explodieren, was nicht gut für sie ausgegangen wäre, machte sie sich aus dem Staub und ignorierte die Rufe ihrer Mutter. »Jammere bloß niemandem etwas darüber vor, hörst du?«

Kylie hörte es. Sie sah es. Sie war nicht dumm. Dad hatte sie verlassen, weil Mom ihr Geld egoistisch für Alkohol und Zigaretten verprasst hatte. Das war nichts Neues, aber es tat trotzdem weh. Nicht so sehr das Handeln ihrer Mutter, sondern die Tatsache, dass er Kylie zurückgelassen hatte.

Die kühle Außenluft ließ Kylie lange genug innehalten, um die Füße in ihre Winterstiefel zu stecken und ihre Jacke vom Haken zu nehmen. Dann war sie raus aus dem Haus, einem Haus, das sie billig gekauft hatten, als sie noch klein gewesen war, weil jemand darin ermordet worden war. Es war schöner als der Wohnwagen, aber sie hasste es dennoch mit seinem ekelhaften braunen, verkrusteten Teppichboden. Sie hasste das Badezimmer mit seinen rosa und schwarzen Kacheln. Sie hasste ihr Zimmer mit der abblätternden Tapete, auf der Züge abgebildet waren. Sie hasste Züge. Sie hasste ihr Leben.

Der Schnee knirschte unter ihren Füßen, als sie den Garten durchquerte, um durch das Tor in den Park zu gelangen. Ihr Ziel waren die Schaukeln, die jemand vergessen hatte, für den Winter abzubauen. Sie warf sich auf einen Sitz und schwang die Beine, das Knarren der Kette laut und unheilvoll. Es passte zu ihrer Stimmung, während sie schaukelte und zu entkommen wünschte. Mit geschlossenen Augen stieß sie sich immer fester ab, wollte die Leichtigkeit des Fliegens spüren.

Sie fiel beinahe herunter, als eine Stimme sie aufschreckte.

»Hi.«

Sie verlor ihre Konzentration, die Ketten verdrehten sich und sie ließ dummerweise los. Als sie stürzte, wurde sie plötzlich von einem Jungen aufgefangen. Einem großen Jungen, der Kylie eine

Sekunde lang festhielt, bevor er sie auf die Füße stellte.

»Geht es dir gut?« Sein Gesichtsausdruck war besorgt. Einfach typisch für sie, dass ein süßer Junge derjenige war, der fragte.

»Ja. Danke.« Sie starrte eher auf den Boden als auf ihn. Was musste er denken, dass sie an Weihnachten allein draußen war?

Er stammelte: »Du musst mich für einen Spinner halten, weil ich im Park bin und nicht bei meiner Familie. Ich konnte es einfach nicht mehr aushalten. Sie waren dabei, das Papier der Geschenke zu falten. Es waren Bücher. Und zwar keine lustigen, sondern Wissenschafts- und Geschichtsbücher«, klagte er.

»Wenigstens hast du etwas bekommen. Meine Mutter hat Zigaretten gekauft.«

»Du rauchst?«, fragte er erschrocken.

»Nein.«

Er zog eine Grimasse, als er begriff, was geschehen war. »Klingt, als hätten wir beide fantastische Eltern.«

»Ich kann es kaum erwarten, bis ich alt genug bin, um abzuhauen.«

»Lass uns einen Pakt schließen, gemeinsam abzuhauen.«

Das war das erste Mal, dass sie und Gunner sich trafen. Das Weihnachtswunder, das sie brauchte. Danach wurde es zu einem regelmäßigen Ereignis und sie wurden schnell Freunde, aber als sie älter wurden und die Hormone zu toben begannen, verliebten sie sich.

Sie schmiedeten einen Fluchtplan. Er würde zum Militär gehen, während sie das College besuchte, damit sie sich beide konzentrieren konnten, während sie auf ihre gemeinsame Zukunft hinarbeiteten.

Eine Zukunft, in der sie zusammen wären.

Anfangs funktionierte es gut. Er sparte Geld und kaufte ihr einen Ring. Er machte ihr einen Antrag. Sie sagte Ja. Sie vereinbarten zu warten, bis sie ihren Abschluss und er seinen aktuellen Einsatz beendet hatte.

Aber er verschwand. Verzweifelt rief sie an, um nach Neuigkeiten zu fragen. Ihre Nachrichten blieben unbeantwortet. Als jemand sich erbarmte und ihr schließlich mitteilte, dass er entweder gefangen genommen oder getötet worden sei, wäre sie fast gestorben.

Als er wiederauftauchte, war sie überglücklich gewesen.

Es hielt nicht an.

Er nahm keinen Kontakt zu ihr auf. Keine Anrufe, keine E-Mails oder SMS. Nur ein einziger Brief, den sie am vierundzwanzigsten Dezember erhielt, in dem er mit ihr Schluss machte.

Bah, Humbug.

KAPITEL EINS

Ein Weihnachtswunder wäre jetzt sehr praktisch. Kylie stemmte die Hände in die Hüften und funkelte die Küchendecke an. Sie hatte gerade die Badewanne im Obergeschoss reparieren lassen und die Trockenbauwand einigermaßen passabel geflickt, und jetzt war die Toilette undicht.

Es nimmt kein Ende.

Denjenigen, die zum Besitz eines Eigenheims gratulierten, hätte sie gern die Reparaturrechnungen und die Stunden präsentiert, die sie damit verbracht hatte, diese Klärgrube selbst instand zu halten, während sie sich gleichzeitig um ihre äußerst intelligente neunjährige Tochter Annabelle, auch Squishy genannt, kümmerte.

Diesen Spitznamen hatte sie nicht, weil sie als Baby so bezaubernde Wangen gehabt hatte – die hatte sie definitiv gehabt –, sondern wegen ihrer Besessenheit von den ausgestopften Versionen, die in Geschäften verkauft wurden. Nicht dass Kylie viele in ihrer Sammlung gekauft hatte. Dafür war das Geld zu knapp. Aber Annabelles Vater – seit mehr als sechs Monaten ihr offizieller Ex – wollte nicht aufhören, sie zu kaufen.

Er dachte, Liebe sei käuflich. Und vielleicht hatte er recht. Seine Tochter betete ihn an, aber Kylie wollte mehr als Geschenke, wenn er ein Arsch war. *»Du hast meine Hose nicht gebügelt.« »Wo ist mein Abendessen?« »Was machst du den ganzen Tag?«*

Die Frauenfeindlichkeit nahm nur noch zu, je länger sie zusammen waren. Während einer seiner Schimpftiraden – bei denen sie auf ihre Zehen starrte, den Kopf zerknirscht geneigt, um ihn zu beschwichtigen – bemerkte sie, dass ihre Tochter zusah. Hielt sie ein solches Verhalten für normal?

Was für ein Vorbild gab Kylie ab? Ihr Mann Howard behandelte sie wie sein Eigentum, und erst während einer weiteren Standpauke darüber, dass sie sich hübsch anziehen solle, wenn er von der Arbeit nach Hause kam, wurde ihr klar, dass sie gehen musste.

Ich hätte ihn nie heiraten sollen.

Zu ihrer Verteidigung sei gesagt, dass sie immer noch Liebeskummer gehabt hatte. Ein Jahr, nachdem Gunner ihr den Laufpass gegeben hatte, wusste sie, dass sie weiterziehen musste. Während ihrer Sommerferien zu Hause lernte sie Howard kennen, einen wohlhabenden jungen Mann, dessen Familie das örtliche Weingut gehörte. Sie hatte damals in einem Restaurant gearbeitet und sich von seiner höflichen Bitte um eine Verabredung geschmeichelt gefühlt. Eine Verabredung führte zur nächsten. Warum nicht? Er war anständig, ein wahrer Gentleman, der ihr den Stuhl herauszog und darauf bestand, für ihre Verabredungen zu bezahlen. Er drängte sie nicht zum Sex, obwohl sie monatelang miteinander ausgingen.

Sie mochte ihn, aber sie liebte ihn nicht. Obwohl sie ihr Bestes tat, um ihn nicht mit Gunner zu vergleichen, konnte er ihm in ihrem Herzen nicht das Wasser reichen. Und das machte sie wütend. Deshalb beschloss sie, mit ihm zu schlafen.

Es war in Ordnung. Sie hatte nicht vorgehabt, es zu wiederholen, wurde jedoch schwanger. Sie wollte abtreiben, aber er sah sie in der Stadt, wie sie die Praxis ihrer Gynäkologin betrat. Da sie nicht lügen konnte, sagte sie ihm die Wahrheit. Zu ihrer Überraschung bat er sie, die Abtreibung zu überdenken, immerhin war es noch früh in der Schwangerschaft. Daraufhin umwarb er sie auf stürmische Weise. Er war charmant und süß, und der Sex wurde immer besser. Sie verließ das College, als sie beschloss, das Baby zu behalten.

Sie heirateten, bevor ihr Bauch wirklich sichtbar wurde. Seine versnobten Eltern waren nie einverstanden. Sie hatte es wahnsinnig romantisch gefunden, dass er sich gegen ihre Wünsche stellte. Sie hielt es immer für ein Kompliment, wenn er prahlte: *»Du kannst dich glücklich schätzen, mich zu haben.«*

Da sie es nicht besser wusste, glaubte sie es. Sie könnte ihr jüngeres, naives Ich ohrfeigen. In der Schule sollte wirklich unterrichtet werden, wie man Manipulation und missbräuchliches Verhalten erkannte. Als ihre Beziehung von der sanften Korrektur zur schroffen – und wie er es nannte, konstruktiven – Kritik überging, war sie schon zu fest verankert, um sich leicht befreien zu können.

Keine Qualifikationen. Kein Job. Kein Geld. Und ein Kind, das sie nicht im Stich lassen würde.

Sie wäre vielleicht immer noch mit Howard verheiratet, wenn ihre Mutter ihr nicht eine Chance zur Flucht beschert hätte.

Nach der Diagnose Lungenkrebs im vierten Stadium kam ihre Mutter ins Hospiz, und obwohl sie nicht die netteste Frau im Leben war, sagte sie Kylie bei einem Besuch, was sie tun solle. »Jeder kann sehen, dass du unglücklich bist. Verlasse das Arschloch. Sofort. Du musst mit dem Prozess beginnen, bevor ich sterbe.«

»Warte, willst du mir sagen, ich soll mich von Howard scheiden lassen?«, hatte Kylie erwidert.

»Ja, und zwar schnell. Dann kann er nicht an dein Erbe herankommen.«

Was sich als ein Haus ohne Hypotheken, überraschende sieben Riesen auf der Bank und eine Möglichkeit herausstellte, seinem Einfluss zu entkommen, da er ihr keinen Job erlauben wollte. Verdammt, er erlaubte ihr nicht einmal, ein Handy zu haben.

Herauszukommen war nicht einfach. In dem Moment, in dem sie verkündete: »Ich will die Scheidung«, drohte er, ihr Annabelle wegzunehmen. Zum Glück ließ der Richter sich nicht von der Familie bestechen und das Sorgerecht wurde ihnen beiden gemeinsam zugesprochen, was er immer wieder anzufechten versuchte.

»Mommy, gehen wir?« Das Licht ihres Lebens sprach eine klagende Frage aus. Squishy freute sich bereits seit drei Wochen auf diesen Tag. Die Weihnachtsmannparade der Stadt. Neun Jahre alt und noch immer tat sie so, als würde sie glauben. Das liebte Kylie an ihrem Kind.

»So eine ungeduldige Squishy. Ja, wir gehen. Zieh dir deine warmen Sachen an. Draußen ist es kalt. Das bedeutet eine Schneehose.«

»Aber es liegt doch kein Schnee«, grummelte Annabelle, als sie mit vorgeschobener Unterlippe zur Haustür stapfte.

»Nur weil es spät ist, heißt das nicht, dass es warm ist. Du wirst mir später dankbar sein.« Im

Norden Georgias konnte es um diese Jahreszeit recht frisch werden.

»Warum trägst *du* keine Schneehose?«, schrie Squishy, als sie sich auf den Boden setzte, um sie über ihre Leggings zu ziehen.

»Weil ich mehr Speck habe als du.« Sie war nicht mehr der schlanke Teenager, sondern hatte so viel zugenommen, dass sie als kurvig bezeichnet werden konnte. Ihr Ex hasste das. Er hatte ständig an ihren Essgewohnheiten herumgemäkelt, und die Ratschläge waren oft mit Schimpfwörtern verbunden gewesen. Ihr selbst gefiel ihr Körper jedoch ganz gut. Sie aß, was ihr schmeckte, und sie konnte mit ihrem Kind und ihrem Job im Restaurant mithalten.

»Das ist nicht fair«, seufzte Squishy verärgert.

»Wie wäre es mit einem heißen Kakao als Entschädigung?«

»Mit Matschmallows.« Squishy weigerte sich von klein auf, sie Marshmallows zu nennen, da sie immer darauf bestand, dass sie matschig seien. Es hatte sich so durchgesetzt.

»Ich werde einen ganzen Berg da drin vergraben und dir einen dicken Strohhalm geben.« Kylie mochte kaum Geld haben, aber sie würde ihre Tochter nie zu kurz kommen lassen. Kylie erinnerte sich daran, dass die kleinen Dinge, die ihre Mutter tat, so viel bedeutet hatten, vor allem weil sie nur selten vorkamen. Im Gegensatz zu ihrer eigenen

Kindheit wollte sie, dass ihre Tochter eine Fülle von glücklichen Erinnerungen hatte.

»Du bist die beste Mutter aller Zeiten«, erklärte Squishy, als sie mit dem Hintern die Tür öffnete.

»Warte auf mich, Fräulein. Ich bin gleich fertig.« Kylie goss den Kakao in einen Isolierbecher. Die Matschmallows begannen zu schmelzen, sobald sie auf das heiße, zuckerhaltige Gebräu trafen.

Sie stellte es kurz ab, während sie sich ihre Sachen anzog. Warme Handschuhe, einen Schal, Stiefel und ihren langen Mantel. Die Weihnachtsmannparade war mehr als alles andere eine langsame Sache des guten Willens und der Fröhlichkeit.

Kylie liebte sie. Genauso wie sie sie als Kind geliebt hatte. Kylie hatte ihr Kind bekommen müssen, um die Liebe für diesen Feiertag wiederzuentdecken, nachdem Gunner und sein Brief an Heiligabend ihn vor so langer Zeit ruiniert hatten.

Sie schloss die Tür hinter sich und hörte Squishy rufen: »Beeil dich, ich höre die Band.«

Sie hatten nur zwei Blocks zu laufen, und das war auch gut so, denn Kylie konnte sich noch kein Auto leisten. Selbst wenn sie ein Auto gehabt hätte, wäre es schwierig gewesen. Die Straße war auf beiden Seiten voll, da die Leute auf jedem freien Zentimeter parkten und hinübergingen.

Als sie sich zu Annabelle gesellen wollte, bemerkte sie, dass ihr Kind seinen Schal vergessen hatte. »Einen Moment«, rief sie und ging zurück ins Haus, um ihn zu holen.

»Wer zuletzt ankommt, ist ein faules Ei!«, schrie Squishy, als Kylie sich durch die Tür lehnte, um den Schal am Haken zu holen.

Sie ließ ihn jedoch fallen, als sie das Quietschen von Reifen hörte.

KAPITEL ZWEI

Es war mehr als ein Jahrzehnt her, und doch sah ihr Haus noch genauso aus, wenn auch ein bisschen verblasster, die blauen Wände mehr grau als weiß, die Verkleidung ein wenig verrottet, wo die Farbe abgeblättert war. Das Dach war notdürftig geflickt worden, aber es wirkte solide und nicht schief.

Die kleinen Nachforschungen, die Gunner angestellt hatte, ergaben, dass dies jetzt Kylies Haus war, geerbt von ihrer Mutter, die gestorben war, nachdem Kylie die Scheidung eingereicht hatte.

Scheidung, weil sie einen anderen Mann geheiratet hatte. Sie hatte sogar ein Kind bekommen.

Es traf ihn schwer. *Das hätte ich sein sollen.* Er hätte der Mann sein sollen, mit dem sie das letzte Jahrzehnt verbracht hatte. Das Kind, das sie zur Welt gebracht hatte, hätte seins sein sollen.

Aber er hatte keine Wahl gehabt, als er gefangen

genommen und von einem normalen Menschen in einen Werwolf verwandelt worden war. Er hatte weggehen müssen. Zumindest hatte er das geglaubt. Jetzt ... jetzt fragte er sich, ob er hätte bleiben und um sie kämpfen sollen.

Ein junges Mädchen kam aus dem Haus geschossen, von Kopf bis Fuß eingepackt, aber nicht behindert durch die Kleidungsschichten. Sie hatte ein breites Lächeln und ein fröhliches Lachen. »Wer zuletzt ankommt, ist ein faules Ei!«, rief sie, während sie in Richtung der Straße sprintete. Sein Herz schlug schneller. Sie erinnerte ihn so sehr an ein anderes junges Mädchen.

Das Kind rannte auf den Bürgersteig zu. Man konnte es Instinkt oder einfach nur Glück nennen, aber Gunner setzte sich in Bewegung und überquerte die Straße, ein Auge auf den Radfahrer gerichtet, der trotz des Wetters unterwegs war und Tricks für eine Kamera machte, die er an einem Stab befestigt hatte. Der Junge traf eine Bodenwelle und sprang mit seinem Fahrrad vom Gehweg auf die Straße, gerade als ein Fahrzeug vorbeikam. Sie wichen beide aus. Der Radfahrer lenkte in ein geparktes Fahrzeug, während der Wagen auf den Bordstein rollte, wo das Kind gestanden hatte, bis Gunner es zur Seite riss.

Niemand wurde verletzt, aber das kleine Mädchen starrte ihn mit großen Augen an.

»Geht es dir gut?«, fragte er.

»Du hast mich gerettet.« Sie öffnete den Mund und offenbarte ein Lächeln samt Zahnlücke. »Ich bin Annabelle. Und wer bist du?«

Bevor er antworten konnte, eilte eine Frau aus dem Haus. Kylie, die ihn in seinen Träumen heimgesucht hatte, warf einen Blick auf ihn und fauchte: »Du hast vielleicht Nerven, vor meinem Haus aufzutauchen, Gunner Hendry.«

Er wollte vor der Verachtung in ihrem Blick – die er verdiente – davonlaufen. Das Schlüsselwort war *verdient*. Er hatte ihr so verdammt viel Unrecht angetan. Aber er hatte auch nie aufgehört, sie zu lieben. Als er sie sah, wurde ihm klar, dass er alles tun würde, damit sie ihn wieder liebte.

»Hi«, war sein schwacher Anfang, um diese Zuneigung zu gewinnen.

Ihr Blick durchbohrte ihn. »Was willst du?«

Nicht der richtige Zeitpunkt, um sie um einen Neuanfang zu bitten.

»Er hat mich gerettet, Mommy.« Das kleine Mädchen starrte ihn voller Bewunderung an. »Ich war wirklich fast ein Squishy.« Sie zeigte auf das Fahrzeug, das rückwärts vom Bordstein rollte.

»Verflixter Scheibenkleister.« Kylies Versuch, höflich zu fluchen, ließ ihn blinzeln. Was war aus dem Mädchen mit dem großen Mundwerk geworden, das er kannte? »Ich sagte doch, du sollst warten.«

Sie schob die Unterlippe vor. »Es tut mir leid. Ich wollte den Weihnachtsmann nicht verpassen.«

»Die Parade ist heute?«, fragte Gunner überrascht. Das würde die vielen Fahrzeuge erklären.

»Ja, wenn es dir also nichts ausmacht.« Kylie schritt an ihm vorbei und schnappte sich im Vorbeigehen eine Hand ihres Kindes, eine klare Abfuhr, aber er war schon lange genug ein Feigling gewesen.

»Ich würde gern mit dir reden, wenn du Zeit dazu hast.«

»Worüber?«, fauchte Kylie und ließ ihr Kind los, um sich den anderen anzuschließen, die auf die Hauptstraße gingen.

»Über uns.«

Sie schnaubte. »Es gibt kein *Uns*, und es gibt auch nichts zu sagen. Wie du sehen kannst, bin ich auch ohne dich gut zurechtgekommen.« Sie schaute betont zu dem mit einer Wollmütze bedeckten Kopf ihrer Tochter. Als bemerkte sie ihren Blick, hielt das Kind inne und lächelte ihnen über die Schulter zu. »Beeil dich, du lahme Ente.«

Er räusperte sich. »Zuerst einmal muss ich mich entschuldigen. Mir ist einige Scheiße passiert –«

»Pass auf, was du sagst.«

Er presste die Lippen aufeinander, bevor er ein überraschtes »Was?« herausbrachte.

»Ich versuche, in Annabelles Gegenwart nicht zu fluchen.«

»Äh, ernsthaft?« Er konnte seine Ungläubigkeit nicht unterdrücken.

Die fragliche Tochter drehte sich um, rollte mit den Augen und sagte: »Hör lieber zu. Als ich das letzte Mal ein böses Wort gesagt habe, habe ich Fernsehzeit verloren.«

»Oh. Dann werde ich vorsichtig sein.« Sein unbeholfener Versuch einer Entschuldigung. Das Mädchen schien zufrieden und hüpfte weiter. Er warf einen Blick auf Kylie. »Du hast dich verändert.«

»Das Leben macht das mit einem Menschen. Leb wohl, Gunner.«

Moment, würde sie wirklich weggehen?

Das tat sie.

Er konnte es nicht, also stand er am Ende der dünnen Menschenmenge. Überwiegend Leute, die er nicht mehr kannte. Ein paar erkannte er jedoch und versuchte, den Blickkontakt zu vermeiden.

Sein Blick schweifte immer wieder zu Kylie und dem kleinen Mädchen.

Die Informationen, die er über den Vater des Mädchens gesammelt hatte, verrieten, dass er Howard Keeler hieß. Der Nachname kam ihm bekannt vor, und weitere Nachforschungen erinnerten ihn daran, dass die Familie Keeler damals, als er noch hier lebte, ein Weingut betrieben hatte, das auf Eisweine spezialisiert war. Seit seinem Weggang hatten sie expandiert.

Ein Leichenwagen fuhr vorbei, auf dessen Motorhaube ein riesiges, verschlungenes K mit einer großen roten Schleife prangte und auf dessen Dach ein aufrecht stehender Sarg als Baum geschmückt war.

Dann kam das Fahrzeug einer chemischen Reinigung, *Keelers Ruckzuck-Kleidung*. An den Kleiderstangen hingen Festtagsanzüge, die von Pappmaché-Elfen zurechtgemacht wurden.

Dann ein Abschleppwagen, *Keeler Wreckers*, mit tanzenden Lichtern.

Die Menge murmelte aufgeregt, als es Zeit für den Weihnachtsmann war, der von seinem großen roten Schlitten aus winkte, der von echten Rentieren gezogen wurde. Auf der Seite des Schlittens prangte in kunstvoller Schrift: *Weingut Keeler*.

Aber es war der Mann neben dem Weihnachtsmann, der seine Aufmerksamkeit erregte.

Ein gut aussehender Kerl mit kurz geschnittenem blonden Haar, der einen teuer aussehenden Anzug und einen langen Wollmantel trug. Ein verdammter Yuppie. Das war der Mann, den Kylie geheiratet hatte. Das genaue Gegenteil von Gunner.

Annabelle hüpfte auf und ab, klatschte und rief: »Daddy hilft dem Weihnachtsmann.«

Er ließ den Blick zurück zu dem Kerl wandern, alias die Zielperson. Obwohl er wusste, dass Kylie die Scheidung wegen unüberbrückbarer Differenzen eingereicht hatte, musste er sich fragen: Liebte sie den Kerl? Gab es eine Chance, dass sie wieder zusammenkamen? Immerhin hatten sie ein gemeinsames Kind.

»Vorsichtig, Squishy«, mahnte Kylie, eine Hand auf der Schulter des Mädchens.

Keeler entdeckte sie und grinste breit, als er vom Schlitten sprang. »Ho, ho, ho, wo ist mein Mädchen?« Er breitete die Arme aus.

Niemand hätte es übers Herz bringen können, das kleine Mädchen davon abzuhalten, zu seinem Vater zu laufen. Er hob sie in den Schlitten, wo sie strahlte. Welches Kind würde das nicht tun, wenn es die Chance hätte, mit dem Weihnachtsmann zu fahren?

Kylie hielt es nicht auf, aber Kylie gefiel es auch nicht. Sie drängte sich aus der Menge heraus und marschierte zum Ende der Parade.

Gunner passte seinen Schritt dem ihren an. »Geht es dir gut?«

»Bestens. Hau ab«, zischte sie mit zusammengebissenen Zähnen.

»Du siehst nicht so aus.«

Sie wirbelte herum und funkelte ihn an. »Und wenn es nicht so ist? Es geht dich nichts an, wie es mir geht. Lass mich allein. Darin bist du gut.«

»Es tut mir leid, was ich getan habe.«

Sie schnaubte. »Entschuldigungen waren vor zehn Jahren. Jetzt ist es mir sch-« Sie fing sich und sagte: »So richtig schön egal.«

Er konnte nicht anders. Er lachte. »Was zum Teufel war das?«

Ihr säuerlicher Gesichtsausdruck passte zu ihren stapfenden Schritten. Es fiel ihm nicht schwer, mit ihren kürzeren Schritten mitzuhalten.

»Dein Kind ist süß.« Er versuchte es mit einem anderen Ansatz.

»Ich weiß. Ich habe sie gemacht.«

»Ich hatte nie welche.«

»Als ob mich das interessiert«, schnaubte sie.

»Ich habe auch nie geheiratet«, gab er zu.

»Sieh einer an. Du hast mich abserviert und bist dann Junggeselle geblieben. Klingt, als sei dein Traum wahr geworden.«

Er wusste nicht, was er sagen sollte. Sie verdrehte immer wieder alles. »Dein Mann muss wichtig sein, um mit dem großen Mann zu fahren.« Er hätte nicht zugegeben, dass er über sie recherchiert hatte und wusste, dass sie derzeit Single war.

»Wer sagt, dass ich verheiratet bin? Vielleicht habe ich ein uneheliches Kind bekommen, denn weißt du, das hier ist nicht das finstere Mittelalter.«

»Äh.«

»Warum machst du das so unangenehm? Was glaubst du, was du damit erreichst?«, warf sie ihm vor.

Wahrscheinlich war es zu früh, um zuzugeben, dass er gekommen war, um um ihre Hand anzuhalten. »Meine Therapeuten«, auch bekannt als seine sich einmischenden Armeekumpel, »scheinen zu glauben, dass ich in der Vergangenheit feststecke, wenn es um Beziehungen geht.«

»Wage es nicht, zu lügen und zu behaupten, du hättest dich nach mir gesehnt.«

»Das habe ich.«

»Ich sagte, keine Lügen«, fauchte sie mit einem bösen Seitenblick. »Es ist unmöglich, dass du die ganze Zeit zölibatär warst.«

Er spürte, wie seine Wangen heiß wurden. »Nicht ganz. Aber es war nie so gut wie mit dir.«

Sie lachte. »Jetzt übertreibst du es aber.«

»Es ist wahr. Ich habe nie aufgehört, dich zu lieben, Lily.« Sein Name für sie, weil er sie immer für eine zarte Blüte gehalten hatte.

»Klingt, als sei das dein Problem, denn ich bin weitergezogen. Ich habe geheiratet, Annabelle bekommen und mir ein Leben aufgebaut, in dem du nicht vorkommst.«

Sie erreichten das Ende der Parade und waren nur wenige Sekunden vor dem Weihnachtsmann. Er sah, wie Kylies Miene gefror, als sie den Blick ihres Ex-Mannes auf sich bemerkte.

»Du solltest gehen«, riet sie leise.

»Du hast Angst vor ihm.« Es traf ihn mit voller Wucht.

»Er sucht nach einem Vorwand, mir meine Tochter wegzunehmen. Ich muss vorsichtig vorgehen.«

Er wusste, dass sie sich das Sorgerecht teilten. »Soll ich ihn verschwinden lassen?«, bot er an.

Sie blinzelte ihn an. »Sag mir, dass du Witze machst.«

»Dieser Mann bedroht dich.«

»Dieser Mann ist der Vater meines Kindes. Wenn du mich jetzt entschuldigen würdest.« Sie drehte ihm den Rücken zu. Doch seine Chance zu entkommen verpuffte, als er die hohe Stimme eines kleinen Mädchens hörte, das sagte: »... hat mich vor einem Fahrzeug gerettet, das auf den Bordstein fahren wollte.«

Die Behauptung führte zu einem dunklen, auf ihn gerichteten Blick, gefolgt von einem falschen, wenn auch charmanten Lächeln von Keeler. Jetzt konnte er nicht weglaufen.

»Hallo, Kylie. Wer ist dieser Freund von dir, dem ich dafür danken muss, dass er unsere unbeaufsichtigte Tochter davor bewahrt hat, überfahren zu werden?«

»Sie war nicht unbeaufsichtigt«, murmelte Kylie.

»Gunner Hendry.« Er streckte eine Hand aus, und zu seiner Verärgerung hatte der andere Mann einen festen Griff. Kein halbes Hemd.

»Ist das nicht der Kerl, der dich praktisch vor dem Altar stehen gelassen hat?« Ein spöttischer Tonfall, gefolgt von einer Beleidigung. »Ich hätte besser aufpassen sollen, bevor ich den Schritt an deiner Stelle getan habe.«

»Nicht vor Annabelle«, murmelte Kylie, als das Kind die Mundwinkel nach unten zog.

Keeler setzte sie ab. »Geh zu meiner Assistentin und frag sie, ob sie noch Zuckerstangen übrig hat.«

»Okay.« Annabelle lief los, und der Mann verlor jeden Anschein von Freundlichkeit, als er sich gegen seine Ex-Frau wandte. »Wenn du nicht in der Lage bist, unser Kind zu beaufsichtigen, wenn es in deiner Obhut ist, sollte ich dir vielleicht diese Privilegien entziehen lassen. Ich weiß, dass du als Ehefrau versagt hast. Ist es zu viel verlangt, eine gewissenhafte Mutter zu sein?«

Wären nicht so viele Menschen da gewesen, hätte Gunner dem Mann die Zähne eingeschlagen. Er entschied sich für Worte anstelle seiner Fäuste. »Hey, Mann, das ist ein wenig hart. Was passiert ist, war ein Zufall, und zum Glück wurde niemand verletzt.« Gunners Einmischung lenkte Keelers Zorn auf ihn.

»Du hast mit der Sache nichts zu tun. Und du wirst dich auch nicht einmischen.« Dann zu Kylie: »Dieser Mann hat in der Nähe unserer Tochter nichts zu suchen. Du weißt, dass man diesen Ex-Militärtypen nicht trauen kann.« Keelers Beleidigung war nicht ganz falsch.

Viele Veteranen kamen mit Problemen zurück,

aber mit ein wenig Hilfe konnten sie diese überwinden.

Kylie senkte den Kopf und nickte.

Diese Reaktion ließ Gunner zischen: »Hör zu, Arschloch, vielleicht hast du es vergessen, aber als Kylies Ex hast du ihr nichts mehr zu sagen, auch nicht, mit wem sie sich trifft und mit wem nicht.«

Keeler hob die Augenbrauen. »Ist es das, was du denkst?«

»Gunner, du bist keine Hilfe. Geh einfach.« Sie sah Keeler an. »Ich will mich nicht streiten. Ich möchte, dass Annabelle ein schönes Weihnachtsfest hat.«

»Das höre ich gern, denn ich nehme sie heute Abend mit.«

»Was? Das kannst du nicht tun. Ich soll sie doch bis Freitag haben.«

»Heute Abend ist eine Veranstaltung im Rathaus mit Aktivitäten für Kinder, zu der ich erscheinen soll.«

»Sie hat morgen Schule«, argumentierte Kylie.

»Es wird nicht zu spät zu Ende gehen. Morgen, nach ihrem Weihnachtskonzert in der Schule, nehme ich sie mit zur Weihnachtsfeier der Firma. Am Morgen danach bringe ich sie zu dir zurück.«

»Das kannst du nicht tun. Das ist nicht Teil unserer Vereinbarung«, beharrte sie, und Gunner konnte sich nur schwer beherrschen, dem Kerl nicht ins Gesicht zu schlagen, weil er sie so verärgert hatte.

Keelers Grinsen wurde noch breiter. »Eine Vereinbarung, die geändert werden kann. Vergiss das nie.«

Damit drehte er sich um und schritt davon, während Gunner murmelte: »Was für ein Arschloch.«

»Ein Esel schilt den anderen Langohr«, antwortete sie, bevor sie davonstapfte.

KAPITEL DREI

Ich kann nicht glauben, dass er mir das schon wieder angetan hat.

Howard hatte Kylie in eine Ecke gedrängt, in der sie nur eine Wahl hatte. Seine Wahl. Er wusste, dass er nur drohen musste, ihr Annabelle wegzunehmen, um sie zum Nachgeben zu zwingen. Es war ein Wunder, dass er nicht versucht hatte, sich damit aus der Scheidung herauszuwinden. Andererseits gab es Gerüchte, dass er begonnen hatte, mit einer Salonlöwin auszugehen, die seine Eltern vermutlich guthießen.

Als Kylie von der Parade nach Hause stapfte, nachdem sie Annabelle zum Abschied umarmt und geküsst hatte, bemerkte sie, dass Gunner den Wink verstanden hatte und gegangen war.

Was für eine Frechheit, hier aufzutauchen, so

sexy auszusehen und wie immer zu denken, er könne sich entschuldigen!

Ha. Der Zug war schon lange abgefahren. Sie würde ihn nicht noch einmal nahe genug an sich heranlassen, dass er sie verletzen konnte. Sie hatte Genugtuung empfunden, als sie hörte, dass er nie geheiratet oder eine Familie gegründet hatte. Sie genoss die gequälte Miene, die er nicht verborgen hatte, als sie davon sprach, das Gegenteil getan zu haben.

Tat es weh, zu wissen, dass sie weitergezogen war? Gut so. Er hatte es verdient, nachdem er sie so niedergeschmettert hatte.

Sie erreichte ihr traurig aussehendes Haus, das einzige in der Straße, an dem keine Weihnachtsbeleuchtung hing. Das einzige Zugeständnis an die Feiertage waren die Schneeflocken, die sie mit Squishy in die Fenster geklebt hatte.

Zu ihrer Verteidigung sei gesagt, dass sie so viel arbeitete, wie sie konnte, besonders an den Tagen, an denen Annabelle bei ihrem Vater war. Aber es half nichts, denn das Haus verschlang ihren Versuch, einen Bestechungsfonds anzulegen, immer wieder.

Trotzdem sollte sie für das erste Weihnachtsfest allein mit ihrer Tochter mehr tun. Irgendwann würde sie sich in den Keller wagen müssen, um zu sehen, was – wenn überhaupt – an Dekoration übrig geblieben war. Nachdem ihr Vater gegangen war, hatten sie nie gefeiert. Zumindest nicht gemeinsam.

Gunner war derjenige gewesen, der dafür sorgte, dass sie sich nicht nur an Weihnachten, sondern an allen Feiertagen als etwas Besonderes fühlte – selbst an so seltsamen wie dem Nationalen Donut-Tag.

Gleichzeitig fiel ihr die Mühe schwer, weil sie bereits wusste, dass Weihnachten beschissen werden würde. Howard hatte es natürlich so eingerichtet, dass er Annabelle von Heiligabend bis kurz vor Silvester bei sich hatte.

Squishy, das wunderbare Kind, hatte Kylies Wangen gestreichelt, während sie nicht zu schluchzen versuchte, und gemurmelt: »Ist schon gut, Mommy. Du hast mir gesagt, dass nicht der Tag zählt, sondern die Menschen. Wir werden unser Weihnachten am einunddreißigsten Dezember feiern. Du und ich. Es wird etwas Besonderes sein.«

Dieses Kind war etwas Besonderes, und es tat weh, wenn sie weggehen musste. Vergessen war die Tatsache, dass sie jeden Tag telefonieren oder per Video miteinander sprechen konnten; das Haus schien leer zu sein ohne ihr Mädchen. Seine verblassten und hässlichen Wände verhöhnten sie mit ihrem Versagen.

Hatte sie das Richtige getan?

Im Haus ihres Vaters hatte Annabelle das perfekte Zimmer. Es war blassrosa und cremefarben, mit einem Himmelbett, weißen Möbeln mit Wellenkanten und goldfarbenen Details, einem begehbaren

Kleiderschrank und sogar einem eigenen Bad. Ein Ort für eine Prinzessin.

Was konnte Kylie bieten? Nichts, das auch nur annähernd so schön wäre. Sie hatte das Nähzimmer im Obergeschoss in ein Schlafzimmer umgewandelt, einen beengten Raum mit mehreren Schichten Tapete, die sie eigentlich hatte herunterreißen wollen, aber wegen ihres Jobs schien sie nie die Zeit dafür zu haben. Squishy sagte, es sei ihr egal, aber sie konnte sich des Gefühls nicht erwehren, ihre Tochter im Stich gelassen zu haben.

Tränen liefen ihr über die Wangen. Heilige Selbstmitleidsparty. Sie gab Gunner die Schuld, dass sie heute Abend so emotional war.

Wo ist die Flasche Rotwein, die ich gehortet habe? Sie konnte sich keinen Alkohol leisten, aber ein Kunde hatte ihn ihr für eine Veranstaltung geschenkt, bei der sie mit dem Catering geholfen hatte. Er war billig, aber kostenlos, die beste Art von Preis.

Die Flasche Wein begleitete sie durch die Hintertür. Sie verzichtete auf ein Glas. Weniger Geschirr, und warum sich die Mühe machen, wenn sie allein trank?

Sie machte sich auf den Weg zu dem Baum am hinteren Ende ihres Gartens, dessen ausladende Äste dick genug waren, um das Baumhaus zu halten, in dem sie als Teenager oft Zeit verbracht hatte. Vor ein paar Jahren war es schließlich eingestürzt, da die verfaulten Bretter dem Zahn der Zeit nachgegeben hatten.

Einige ihrer schönsten Erinnerungen lagen innerhalb der rauen Bretterwände. Wände, die von Gunner gebaut worden waren. Als die Stadtverwaltung die Schaukeln aus dem Park hatte entfernen lassen unter dem Vorwand der Kosten und des Verletzungsrisikos, hatten sie und Gunner einen neuen Ort zum Abhängen gebraucht. Sie hatten einen gebaut, aus gebrauchten Paletten, die er auseinanderbrach und die Nägel aufbewahrte, um sie wiederverwenden zu können. Mit seinen Fähigkeiten und ihren ermutigenden Worten schuf er ein stabiles kleines Haus. Es wurde zu ihrer Oase, beklebt mit Postern. Sie mochte Gesangsgruppen und Künstler. Er hängte alles über Autos und Trucks auf. Sie schmuggelten Bettzeug und anderen Schnickschnack hinein, um eine heimelige Atmosphäre zu schaffen. Die Solarleuchten, die er beigesteuert hatte, sorgten für ein sanftes Licht in der Nacht, als sie ihre Jungfräulichkeit an ihn verlor.

Der Sex war so gut gewesen. Vielleicht hatte er gelogen, dass sie die beste Frau gewesen war, die er je gehabt hatte, aber angesichts ihrer Erfahrung war es für sie die Wahrheit. Howard war im Schlafzimmer ganz in Ordnung gewesen, aber er hatte nie die Fähigkeit besessen, sie die Zehen krümmen oder sie fast ohnmächtig werden zu lassen, wenn sie kam. Sie hatte niemals Schmetterlinge im Bauch, wenn er einen Raum betrat.

Sie nahm einen Schluck von ihrem Wein, dessen bitterer Geschmack zu ihrer Stimmung passte.

Gunner war wieder da. Nach all dieser Zeit. Warum? Was hatte er gemeint, als er sagte, er sei verkorkst? Was war beim Militär mit ihm passiert? Er behauptete, er sei verletzt worden. Sie sah keine Anzeichen für Verletzungen, aber hielt er sie tatsächlich für so oberflächlich, dass sie ihn wegen einer Narbe ablehnen würde? Oder meinte er eine Verletzung geistiger Natur?

Es spielte keine Rolle. Sie hätte ihm in jedem Fall beigestanden –

»Ich kann nicht glauben, dass es weg ist.«

Kylie hätte nicht überrascht sein dürfen, seine Stimme zu hören, und doch zuckte sie zusammen, stand auf und drohte ihm mit der Weinflasche. »Was machst du hier?«

»Dasselbe wie du. Die Vergangenheit aufleben lassen. Mich daran erinnern, wie glücklich wir einmal waren.«

»Die Vergangenheit war eine Lüge.« Eine bittere Antwort.

»Es tut mir leid, dass du das denkst, denn daran habe ich mich geklammert, als ich im Einsatz war. Ich habe mir nichts sehnlicher gewünscht, als wieder zu dir nach Hause zu kommen. Ich träumte von unserem gemeinsamen Leben.«

»Lügner.« Sie nahm einen weiteren Schluck. »Wenn das wahr wäre, hättest du mich nicht sofort nach deiner Entlassung mit einem Brief abserviert.« Er hatte nicht einmal den Mumm gehabt, es ihr ins Gesicht zu sagen.

Aber jetzt war er hier.

Sie trank erneut, bevor sie ihm eine Ohrfeige verpasste.

Sein Kopf gab nicht nach. »Willst du es noch einmal versuchen? Du hast mich kaum berührt.« Er neigte ihn, um ihr einen besseren Winkel zu verschaffen.

»Nein danke.«

»Schlag mich. Ich habe es verdient.« Er klang aufrichtig.

Und sie fühlte sich wie eine Idiotin, was ihre Verärgerung nur noch vergrößerte. »Es hat keinen Sinn. Es wird nichts ändern.« Ganz zu schweigen davon, dass sie von Natur aus kein gewalttätiger Mensch war. Man bedenke nur, wie lange sie Howards verbale Misshandlung ertragen hatte, bevor sie geflohen war. Sie fragte sich, ob sie noch mit ihm zusammen wäre, wenn ihre Mutter ihr nicht die Möglichkeit zur Flucht gegeben hätte.

Sie nahm einen weiteren Schluck Wein, der ihr direkt in den Kopf stieg. Er schmeckte nicht mehr so bitter. Sie bot ihm nichts an.

Er ließ den Kopf hängen, die Hände in die Taschen gesteckt. »Es war feige, diesen Brief zu schreiben, aber damals wollte ich nicht, dass du mich siehst. Ich dachte, ich tue dir damit einen Gefallen.«

»Du meinst, du hast so wenig von mir gehalten, dass du angenommen hast, ich könnte nicht damit umgehen, dass du verletzt worden warst.«

»So war es nicht. Was mit mir passiert ist, konnte man nicht sehen.«

»Du wärst nicht der erste heimkehrende Soldat, der an einer posttraumatischen Belastungsstörung leidet.« Sie würde ihn nicht vom Haken lassen, denn er hatte ihnen nicht einmal eine Chance gegeben.

»Es ist mehr als nur das. Es gibt eine wilde Seite von mir, von der du nie wissen solltest.«

»Als hätte ich sie nicht gesehen. Oder dachtest du, ich wüsste nicht, dass du Jeffrey Skinner in der zehnten Klasse verprügelt hast, weil er mir an den Hintern gefasst hat?«

»Ich war ein wenig eifersüchtig.«

»Ein wenig?« Sie kicherte. Sie trank noch einen Schluck, während sie darüber nachdachte hineinzugehen. Sie sollte wirklich nicht mit Gunner reden. »Ich bin wütend auf dich.« Wütend, weil er immer noch ihr Höschen feucht werden ließ.

»Ich weiß, dass du sauer auf mich bist, und ich verdiene es.«

Sie hasste die Tatsache, dass er immer wieder die richtigen Dinge sagte. Es machte die Sache nicht besser. »Du hast mich verletzt.« Ein gequältes Geständnis.

»Ich weiß.«

»Warum ist es so schwer, mich zu lieben?« Es war ein leises, ersticktes Flüstern. Aber sie weinte nicht. Das hatte sie schon zu oft getan, nur um festzustellen, dass es nichts half. Sie hatte erkannt, dass sie einfach nicht würdig genug war, um von jemandem geliebt zu werden. Außer für Annabelle. Sie liebte ihre Mutter. Aber wenn es nach Howard ginge, würde er dem ein Ende setzen.

»Sag das nicht.« Eine schroffe Erwiderung. Gunner wollte sie umarmen, aber sie lehnte sich nach hinten und wäre beinahe umgefallen.

»Nicht. Tu nicht so, als würde es dich interessieren.« Sie schluckte. »Du bist weggegangen. Und hast mich verlassen. Ich war ganz allein, bis Annabelle kam.« Wenigstens wusste er es besser, als darauf hinzuweisen, dass sie ihre Mutter hatte. Sie hätte genauso gut allein sein können.

»Du musst deinen Mann geliebt haben, um ihn zu heiraten.« Er verzog die Lippen.

Sie schnaubte. »Er war sehr gut darin zu verbergen, wer er wirklich war. Wir haben nur wegen der Schwangerschaft geheiratet. Und bevor du fragst, es war ein Unfall, ein guter, aber nicht geplant. Das war der einzige Grund, warum wir zusammengekommen sind.«

»Wenn das so ist, kann ich wohl sagen, dass er ein Arschloch zu sein scheint.«

»Das ist er, und ich habe ihn für immer an der Backe. Juhu.« Sie trank die Flasche aus und schwankte. »Ich sollte ins Bett gehen.«

»Ich begleite dich zum Haus.« Er tat mehr als das. Er umfasste ihren Ellbogen und führte sie.

»Ich hasse diese Stadt, weißt du«, vertraute sie ihm lallend an. »Ich hasse dieses Haus. Es ist, als sei ich gefangen, und ich kann nicht entkommen.«

»Du musst es mir nur sagen und ich helfe dir.«

»Ich wünschte, ich könnte weglaufen.« Aber ihre Sorgerechtsregelung war restriktiv. Sie konnte nicht einmal mit Annabelle den Staat verlassen, sonst würde sie wegen Entführung angeklagt werden.

Als sie die hintere Verandatreppe hinaufgingen, sprach sie eine Warnung aus. »Pass auf, wo du hintrittst.« Sie hob den Fuß über die kaputte Stufe. Nur ein weiterer Punkt auf ihrer Liste der Dinge, die sie reparieren musste. Es würde wahrscheinlich helfen, wenn sie mehr als nur einen Hammer und einen Schraubenzieher mit Köpfen zum Wechseln hätte.

»Das Haus braucht ein wenig liebevolle Zuwendung.«

»Was du nicht sagst«, murmelte sie. »Ich habe weder die Zeit noch das Wissen noch das Geld. Ich hoffe nur, dass es uns nicht auf den Kopf fällt.«

»Keine Sorge. Das Haus ist solide, nur ein bisschen heruntergekommen.« Er zollte dem Haus mehr Anerkennung, als sie es getan hätte.

Gunner begleitete sie ins Haus und hielt sie fest, während sie ihre Stiefel abstreifte und ihren Mantel ablegte. Als sie die Treppe erreichte, hätte sie sich fast auf ihn übergeben, als er sie in die Arme hob.

»Oh, das hättest du fast bereut«, stöhnte sie, als er sie die Treppe hinauf in ihr Zimmer trug.

»Musst du dich übergeben?«

»Nein.« Sie stöhnte das Wort, und der Trottel brachte sie ins Bad und hielt ihr die Haare, während sie den billigen Wein auskotzte.

»Igitt.« Sie ließ sich von der Toilette zurückfallen und schloss die Augen. Ein Wasserhahn wurde aufgedreht, das fließende Wasser hielt nur einen Moment an. Er drückte ihr einen nassen Lappen in die Hände.

»Wisch dir das Gesicht ab.«

Sie schrubbte sich und warf den Lappen beiseite, nur um zu sehen, dass er ihr ein Glas in die Hand drückte.

»Trink.«

Das Wasser beruhigte ihre brennende Kehle, aber es half nicht, ihren aufgewühlten Kopf oder ihr Inneres zu beruhigen.

»Bringen wir dich ins Bett.«

Er wusste, dass er sie in ihr altes Zimmer bringen musste, in das, das sie als Kind gehabt hatte. Sie hatte es nicht verändert, vor allem weil das Schlafzimmer ihrer Mutter noch nicht ausgeräumt worden war. Sie hatte es geschlossen gelassen. Eines Tages würde sie es in Angriff nehmen. Aber nicht heute.

Er legte sie auf ihr Bett, dessen Rahmen gerade groß genug war, um sie zu tragen. Er zog ihr die Socken aus, aber als er den Bund ihrer Hose berührte, kam sie so weit zu sich, dass sie sagte: »Was machst du da?«

»Ich mache es dir nur bequem.«

»Das kann ich selbst«, beharrte sie hartnäckig. »Geh weg.«

»Lass mich dir helfen.«

»Nein.« Ihre sture Antwort, als sie sich auf die Seite drehte. »Lass mich in Ruhe.« Zu ihrer Erleichterung – und zu ihrem Ärger – trat er zurück.

»Ruf, wenn du mich brauchst«, sagte er, als er ging.

Als würde sie nach ihm rufen.

Nie wieder. Denn beim letzten Mal war sie, egal wie sehr sie schrie und weinte, allein geblieben.

KAPITEL VIER

Gunner konnte nicht anders, als im Flur vor Kylies Schlafzimmer auf den Boden zu sinken.

Er hatte alles so verdammt versaut. Er hatte die einzige Person verletzt, die er hatte beschützen wollen. Ihm war nicht klar gewesen, wie sehr, bis er den Schmerz in ihren Vorwürfen hörte.

In seinem eigenen Kummer darüber, Lykaner geworden zu sein, hatte er kein einziges Mal an ihr Elend gedacht. Er hatte sich gesehen, wie er sie verschonte. Er hatte sich wie ein verdammter Märtyrer verhalten, obwohl er in Wirklichkeit nur ein Arschloch war, das die Frau im Stich gelassen hatte, die er liebte.

Zu seiner Verteidigung sei gesagt, dass ihm das Militär mit achtzehn, ohne Fähigkeiten oder Perspektiven und nicht gerade ein bücherschlaues Kind, die beste Wahl geboten hatte. Eine Karriere im

Tausch gegen einen Gehaltsscheck. Er und Kylie hatten alles geplant. Er würde ein paar Einsätze absolvieren und etwas Geld sparen, während sie einen College-Abschluss machte. Dann würde er um die Entlassung bitten, und sie würden heiraten und zusammenziehen.

Alles lief nach Plan. Er war in seinem dritten Einsatz. Sie stand ein Jahr vor ihrem Abschluss. Bei seinem letzten Besuch hatte er einen Ring mitgebracht.

Einen Ring, den sie in ihrer Aufregung, Ja zu sagen, fast verloren hätte. Kylie hatte ihn fast umgestoßen, und zum Glück war der Ring aufgesprungen, aber nicht aus dem Baumhaus gerollt.

Er erinnerte sich noch an ihre letzten Worte.

»*Versprich es mir*«, flüsterte sie mit süßen Küssen, während sie auf der Decke in dem Baumhaus lagen, das er ihr gebaut hatte, damit sie einen besonderen Ort für sich haben konnten.

»*Ich verspreche, dass ich zu dir zurückkomme, egal was passiert.*«

Er hatte es ernst gemeint. Er hätte alles getan, um zu ihr zurückzukehren, aber dieser vierte Einsatz … Alles ging den Bach runter.

Es fing damit an, dass seine Patrouille in einen Hinterhalt geriet. Im einen Moment fuhren sie noch über die staubige Straße, und im nächsten überschlug das Fahrzeug sich, schleuderte Brock aus dem Lafettensitz und den Rest von ihnen herum.

Als Gunner wieder zu sich kam und aufstand, waren sie von den Rebellen umzingelt, deren Gesichter vermummt waren. Sie wurden in Gewahrsam genommen.

Die Zelle erwies sich als unangenehm. Das Essen war ungenießbar. Aber es war der Biss eines Werwolfs, der alles veränderte.

Als Gunner schließlich entkam, war er nicht mehr der Mann, der er einst gewesen war. Oh nein. Er war jetzt zum Teil ein Monster. Eine Bestie. Ein Killer mit Blut an den Pfoten.

Als er wegen seiner psychischen Probleme aus dem Militär entlassen wurde – weil es offenbar verrückt klang, ihnen zu sagen, sie müssten den Wolf aus ihm herausholen –, versuchte er, nach Hause zu gehen. Er wollte Kylie alles erzählen.

Bis er sie sah.

Die Thanksgiving-Ferien bedeuteten, dass sie vom College zurück war, zumindest nahm er das an, als er auf dem Bürgersteig vor dem Haus stand. Er brachte nicht den Mut auf, an die Tür zu klopfen. Stattdessen war er hinten herum gegangen und hatte sich in den Garten geschlichen, ohne zu wissen, was er tun wollte.

Wie sich herausstellte, nichts, denn er bemerkte ein flackerndes Licht. Er hielt sich im Schatten, um nicht von der traurigen jungen Frau gesehen zu werden, die aus dem Fenster des Baumhauses schaute, wo eine Kerze mit einer einzigen Flamme auf dem Fensterbrett flackerte.

Sie wartet auf mich.

Es traf ihn wie ein Schlag in die Magengrube. Sie sehnte sich nach einem Mann, der nicht länger existierte. Gunner hatte einen Wolf in sich. Er konnte ihr nicht das Leben geben, das sie verdiente. Das Kind, das sie sich beide gewünscht hatten.

Es war das Beste, sie freizulassen.

Er sprach nie mit ihr. Er ging und wählte den Weg des Feiglings, in dem Wissen, dass sie niemals zustimmen würde. Und er sich nicht würde wehren können, wenn sie weinte. Wie ein Weichei schickte er ihr einen Brief, um sich zu trennen, ohne ihr eine Möglichkeit zu geben, ihn zu kontaktieren.

So war es am besten.

Am besten für wen? Er wusste es nicht.

Aber mehr als ein Jahrzehnt später wurde ihm klar, dass er einen Fehler gemacht hatte.

Er saß in diesem Flur, bis er sicher war, dass sie schlief. Er konnte es an ihrer Atmung hören. Dann stand er vor einem Dilemma.

Sie hatte ihm gesagt, er solle gehen.

Sie war auch sehr betrunken. Was, wenn sie stürzte? Oder einen medizinischen Notfall hatte?

Er ging hinunter in das Erdgeschoss des kleinen Hauses. Ein Haus, das sie hasste. Er sah es nicht so, wie sie es sah. Er sah ein Haus, das abgenutzt war, aber solide gebaut. Die Bilder an der Wand zeigten hauptsächlich Annabelle. Ein Baby mit langen Wimpern. Ein Kleinkind mit einem einnehmenden Lächeln. Ein Bild, auf dem sie schreiend und mit ausgestreckten Armen auf dem Schoß des Weihnachtsmanns saß, was ihn zum Lächeln brachte. Er erinnerte sich an eines, auf dem Kylie dasselbe tat. Ihm fiel ein, dass sie, obwohl es kurz vor Weihnachten war, nicht viel an Dekoration besaß. Besser gesagt, nichts.

Seltsam. Früher hatte sie Weihnachten geliebt.

Sein Telefon klingelte und er sah *Brock* auf dem Display. Er nahm ab. »Was jetzt? Ist es nicht zu früh für ein Wiedersehen?« Er war gerade aus London gekommen, wo er geholfen hatte, einen verrückten Wissenschaftler zur Strecke zu bringen.

»Kann ein Mann nicht anrufen, um Hallo zu sagen?«

»Nein. Weil es komisch ist. Du solltest SMS schreiben.«

»Ich hasse SMS.«

»Und ich hasse es zu telefonieren, also komm zur Sache.«

»Wir haben sie immer noch nicht gefunden.«

Sie war Joella, die Schwester des verrückten Wissenschaftlers. Sie war mit einem Mitglied der Cabal verheiratet, was sie in eine hervorragende Position brachte, um die abscheulichen Experimente ihres verrückten Bruders zu vertuschen – die genetische Mutation von Menschen.

»Diese Verletzungen hat sie auf keinen Fall überlebt.« Er war dabei gewesen, als die Monster angriffen. Er hatte gesehen, wie sie zu Boden ging. Doch als der Kampf endete und die Aufräumarbeiten begannen, war ihre Leiche nirgends zu finden gewesen.

»Anscheinend ist sie zäher als erwartet. Und eine weitere beunruhigende Nachricht ist, dass Quellen bestätigt haben, dass vor Kurzem eine große Geldsumme von ihrem Konto abgehoben wurde.«

Das ließ ihn erstarren, einen Finger nach der Holzverkleidung ausgestreckt, die ein wenig abgeschliffen und gebeizt werden musste. »Sind wir sicher, dass sie es ist?« Wenigstens wussten sie, dass ihr Bruder gestorben war. Sein zerfetzter Körper war zusammen mit seinen monströsen Kreationen verbrannt worden.

»Ich kann nicht hundertprozentig sicher sein, nein, aber ich dachte, du solltest wissen, dass derjenige, der das Geld abgehoben hat, dies von einer Filiale in New York City aus getan hat.«

Wenn es Joella war, befand sie sich damit auf demselben Kontinent wie Gunner. »Wenn sie klug ist, wird sie sich fernhalten.«

»Ich denke, sie hat bewiesen, dass ihr der Verstand dazu fehlt. Ich wollte dich nur warnen.«

»Danke, Bruder. Hast du etwas von Quinn gehört?« Sein anderer Wolfsbruder war mit Dr.

Erryn Silver untergetaucht, einer geborenen Lykanerin, die sich teilweise verwandeln konnte und deren Biss und Blut seltsame Dinge bewirkten.

Da die Cabal sie für gefährlich hielten, hatten sie eine Aktion gestartet, um sie und Quinn sowie ihren Vater Frederick, ein in Ungnade gefallenes Mitglied der Cabal und zufällig auch der Kerl, der Gunner in diesem Gefängnis in Übersee in einen Wolf verwandelt hatte, in Sicherheit zu bringen. Was für eine kleine, verworrene Welt.

»Quinn und Erryn geht es gut. Keine Ahnung, wohin sie gegangen sind, aber er hat mir vor einem Tag eine Nachricht geschickt, dass sie an einem sicheren Ort sind.«

»Freut mich zu hören.«

»Was ist mit dir? Hast du mit ihr gesprochen?« Brock wurde persönlich.

Der alte Gunner hätte ihm gesagt, er solle sich verpissen. Gunner versuchte, kein Arschloch zu sein, und seufzte. »Ja. Es ist nicht gut gelaufen. Sie ist ziemlich sauer.«

»Hast du dich entschuldigt?«

»Ja. Ich glaube nicht, dass es sie interessiert hat.«

»Wie wäre es, wenn du etwas Nettes für sie tust? Du kennst doch das Sprichwort, Taten sagen mehr als Worte.«

Ein Blick in den Raum zeigte ihm alle möglichen Dinge, die er tun konnte. Rücksichtsvolle Gesten.

Während er das Haus besichtigte und eine gedankliche Liste erstellte, vergewisserte er sich, dass alle Fenster und Türen abgeschlossen waren. Nur für den Fall der Fälle, denn er hatte gelernt, dass Probleme die Angewohnheit hatten, ihn zu finden.

»Sie war ziemlich hartnäckig und wollte nicht mit mir reden.«

»Wie gut, dass ich weiß, dass du genauso stur bist.«

Gunner schnaubte. »Eher ein Masochist.«

»Gib nicht so schnell auf«, riet Brock. »Nicht alles geht so schnell.« Eine Anspielung auf die Tatsache, dass er und seine Freundin ein Jahrzehnt lang um ihre eigene Anziehung herumgetanzt waren.

»Ich habe nie gesagt, dass ich aufhöre.« Diesmal nicht.

Er würde tun, was er schon vor zehn Jahren hätte tun sollen.

Um die Frau kämpfen, die er liebte.

KAPITEL FÜNF

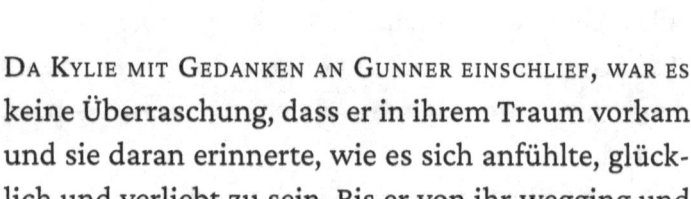

DA KYLIE MIT GEDANKEN AN GUNNER EINSCHLIEF, WAR ES keine Überraschung, dass er in ihrem Traum vorkam und sie daran erinnerte, wie es sich anfühlte, glücklich und verliebt zu sein. Bis er von ihr wegging und immer mehr verblasste.

Sie lief, konnte ihn aber nicht einholen. Sie schrie. Zumindest versuchte sie es. Ihr Mund öffnete sich weit, sie schrie seinen Namen, aber es kam kein Ton heraus. Er hörte nicht, wie sie schrie, er solle zurückkommen. Er ging, ohne sich umzudrehen.

Er ließ sie im Stich und brach ihr das Herz.

Kylie wachte mit dem Weckerklingeln und dröhnendem Schädel auf. Sie wusste es besser, als zu trinken. Schon ein Glas reichte, um sie beschwipst zu machen. Eine ganze Flasche?

Kein Wunder, dass sie gekotzt hatte.

Oh Gott. Gunner war gestern Abend da gewesen.

Er hatte sich entschuldigt. War nett gewesen. Hatte ihr die Haare gehalten, während sie in die Toilette kotzte. Vor lauter Scham hätte sie fast geflucht.

Sie zog ihren BH und ihr Hemd aus, ebenso wie ihre Hose und Unterwäsche. Sie ging durch den Flur ins Bad und duschte schnell, wobei sie sich am Ende ein klein wenig mehr wie ein Mensch fühlte.

Dann zog sie sich für die Arbeit an, bevor sie die Treppe hinunterging und den Geruch von Kaffee wahrnahm. Was zum Teufel?

In ihrer Küche fand sie Gunner mit einer Kanne frisch gebrühtem Kaffee und Pfannkuchen auf dem Herd.

Sie blinzelte. Einen Moment lang fragte sie sich, ob sie einen Albtraum über ihre Trennung gehabt hatte. Vielleicht war das die Realität.

Dann sah sie die Zeichnung ihrer Tochter am Kühlschrank.

Sie ließ sich auf einen Stuhl plumpsen und hielt sich mit den Händen den pochenden, verkaterten Kopf. »Warum bist du noch hier?« Offenbar war er gestern Abend nicht weit gegangen, nachdem er sie ins Bett gebracht hatte. Wie ein Gentleman.

Arschloch.

»Du warst ziemlich betrunken. Ich wollte sichergehen, dass es dir gut geht.«

»Ich bin mir ziemlich sicher, dass sich das in manchen Staaten Stalking nennt.«

»Und weißt du, ich war schon an Orten, wo man das Freundschaft nennt.«

»Wir sind keine Freunde.« Eine mürrische Erwiderung.

»Noch nicht, aber ich arbeite daran.« Er schob ihr ein paar Pfannkuchen vor die Nase, zusammen mit etwas Sirup, einer selbst gemachten Version, die sie von ihrer Mutter gelernt hatte, bei der sie braunen Zucker und Wasser kochte, bis es zu einem Sirup eindickte. Es erfüllte seinen Zweck.

»Ich habe keine Zeit zum Essen. Ich muss zur Arbeit.«

»Du wirst ohnmächtig werden, wenn du nichts isst. Lass dir das von einem Typen sagen, der schon öfter verkatert aufgewacht ist, als er zählen kann.«

»Du bist also ein Lügner und ein Säufer.«

»Ich habe dir gesagt, dass ich ein anderer Mann geworden bin. Es hat eine Weile gedauert, bis ich mich wiedergefunden habe.«

»Ich hätte dir geholfen, es zu versuchen.« Um das Geständnis zu überspielen, nahm sie einen großen Bissen Pfannkuchen.

Er senkte den Kopf. »Ich wünschte, ich hätte keine Angst gehabt.«

Sie erstarrte mitten im Kauen, der Kloß in ihrem Hals machte es ihr schwer zu schlucken. Sie wusste nicht, was sie sagen sollte.

Er schlüpfte in seine Stiefel und seine Holzfällerjacke. Endlich ging er. Sie täuschte Desinteresse vor und schaufelte sich noch mehr Essen in den Mund.

»Ruf, wenn du etwas brauchst«, sagte er, als er zur Tür hinausging.

Als würde sie sich noch einmal zum Narren halten lassen. Als er das letzte Mal gegangen war, hatte sie stundenlang geschrien, und er war nicht gekommen.

Sie erhob sich von ihrem Platz und spuckte den riesigen Bissen Pfannkuchen aus. Er war zu süß für das Hämmern in ihrem Kopf. Stattdessen griff sie zu einem Apfel, der ihr half, die Paracetamol hinunterzuwürgen.

Während sie sich die Zähne putzte, wurde sie von einem Klopfen aufgeschreckt und musste fast würgen, als die Borsten ihre Kehle streiften. Was zum Teufel war das?

Sie spuckte und spülte aus, bevor sie die Treppe hinunterging, um die Quelle des Geräusches ausfindig zu machen, was dem Pochen in ihrem Kopf nicht gerade zuträglich war. Es stellte sich heraus, dass es Gunner im Garten war, der einen nagelneu aussehenden Hammer schwang, mit dem er die kaputte Stufe reparierte.

Bumm. Moment, er entfernte die ganze Treppe, indem er verfaulte Holzstücke herausriss und wegwarf, wenn sie ihm Probleme bereiteten, wobei er den Hammer zu Hilfe nahm. Ein Blick an ihm vorbei zeigte einen Stapel neues Holz. Er reparierte alle Stufen.

Wenn sie etwas Stolz gehabt hätte, hätte sie ihm gesagt, er solle aufhören. Aber eine Treppe, die Annabelle nicht verletzen würde, wenn sie durch die Tür in den Garten sprang? Sie würde nicht die Idiotin sein, die Nein sagte.

Außerdem hatte sie keine Zeit zum Diskutieren. Sie musste sich für die Arbeit fertig machen. Sie hatte eine Schicht von neun bis fünfzehn Uhr, die an ihren Zeitplan angepasst war, wenn sie Annabelle hatte. Da Howard vorhatte, sie nach der Schule zu sich zu holen, würde sie ein paar Überstunden machen können. Das Geld käme ihr sehr gelegen. Sie hatte nur ein paar Dinge für ihre Squishy gekauft, um sie unter den Baum zu legen. Nichts davon würde sie ins Schwärmen geraten lassen. Sie hatte kein Geld für ein teures elektronisches Spielzeug.

Gunner hämmerte weiter, als sie zur Haustür hinausging, ohne sich zu verabschieden. Sie war ihm nichts schuldig. Wenn er Dinge reparieren wollte, um seine Schuldgefühle loszuwerden, war das sein Problem.

Die Arbeit hielt sie so auf Trab, dass sie ihr Gehirn abschalten konnte. Der morgendliche Ansturm ging in den mittäglichen über. Erst als er sich gelegt hatte, kam Gunner herein und schritt zu einem Tisch in den Bereich, den sie bediente. Obwohl sie nicht sagen konnte, ob er es absichtlich getan hatte, da er auf keinen Fall wissen konnte, für welchen Bereich sie zuständig war.

Sie brachte ihm eine Speisekarte. »Die Suppe ist ganz in Ordnung, aber wenn du Hunger hast, nimmst du Pattys Special Burger Combo.«

»Klingt gut.«

Sie ging weg, um seine Bestellung aufzugeben, und kam mit einem Kaffee und einem Wasser zurück. »Danke, dass du die hintere Treppe repariert hast«, murmelte sie. Ihr Kater war so weit abgeklungen, dass sie gnädig sein konnte. In der Not fraß der Teufel Fliegen, und sie konnte die Hilfe gut gebrauchen.

»Ich habe auch einige der Terrassendielen ersetzt, aber das ist nur eine vorübergehende Lösung. Das ganze Ding sollte wirklich abgerissen und neu aufgebaut werden.«

Sie verzog das Gesicht. »Ja, ich werde mich gleich darum kümmern, nachdem ich die Toilette und den Ofen repariert und das gerissene Fenster ersetzt habe.«

»Dein Ex ist stinkreich. Du hast durch eure Scheidung doch sicher etwas bekommen?«

»Ein großes Bündel Nichts. Das ist es, was ich wollte.« Dass sie auf seinen Reichtum und sogar auf die Unterhaltszahlungen verzichtete, war der Grund, warum er sich das Sorgerecht mit ihr teilte.

»Klingt hart«, sagte Gunner mitfühlend.

»Ich kam irgendwie klar.« Sie brauchte oder

wollte sein Mitleid nicht. Sie ging, um sein Essen zu holen, und als sie zurückkam, um nach ihm zu sehen, hatte er gegessen, bezahlt und ein großes Trinkgeld hinterlassen.

Jemand anderes hätte ihm sein Mitleidsgeld vielleicht ins Gesicht geschleudert. Jemand, der Geschenke zu kaufen hatte, behielt es.

Da sie keinen Grund hatte, nach Hause zu gehen, arbeitete sie auch die Abendschicht. Ihre Füße brachten sie um, als sie nach Hau-

Ein unerwarteter Anblick ließ sie stolpern.

Was zur Hölle? Ihr normalerweise dunkles Haus war größtenteils mit Weihnachtsbeleuchtung erhellt. Ein Teil des Daches war dunkel, und jemand auf einer Leiter fummelte an der Lichterkette herum. Nicht nur irgendjemand. Gunner.

»Was machst du da?«, schnaubte sie, als sie den Fußweg entlangging.

»Die habe ich im Keller gefunden, als ich die Brenner deines Ofens sauber gemacht habe.«

»Und da dachtest du dir, ich bin einfach mal seltsam und dekoriere.«

»Gern geschehen«, erwiderte er und tat etwas, das den dunklen Zweig mit roten und weißen Glühbirnen erstrahlen ließ, der überhaupt nicht zu dem bunten passte, der in das blinkende Set führte. Es war scheußlich.

»Annabelle wird es lieben.« Wenn sie es zu sehen bekäme. Da Howard sie ihr weggenommen hatte, würde Kylie sie nur zwei Tage sehen, bevor sie zu Weihnachten wieder verschwand.

»Verstößt das Arschloch oft gegen die vereinbarten Zeiten?«, fragte Gunner, als er die Leiter herunterkam. Auch die war neu. Woher hatte er das Zeug?

»Ja. Und bevor du sagst, dass ich mich dagegen wehren soll, ich habe Glück, überhaupt Tage mit ihr zu bekommen. Wie du schon sagtest, ist seine Familie wohlhabend.«

»Wir könnten das Kind entführen und irgendwohin fliehen, wo er dich nie finden würde.«

»Wir?« Sie hob eine Augenbraue. »Es gibt kein *Wir*, Gus.« Ihr Spitzname für ihn rutschte ihr heraus. Sie hatte ihn immer damit aufgezogen, dass Gunner nicht viele Möglichkeiten bot, da er Gunny nicht mochte. Sie sagte ihm, er hätte Gustav heißen sollen, denn dann sei er Gus gewesen. Ein dummer Spruch, und doch wurde er zu ihrem Insiderwitz. Und sie war Lily, weil sie seiner Meinung nach süß und zart war. Als Teenager liebte und hasste sie es. Sie nutzte es auch als Vorwand, um ihn herumzujagen, zu Boden zu reißen und zu kitzeln. Es musste nicht erwähnt werden, dass es so zu ihrem ersten Kuss gekommen war.

»Du willst nicht einmal darüber nachdenken? Es ist ziemlich praktisch, mich in der Nähe zu haben.« Er schenkte ihr ein gewinnendes Lächeln, das ihre Entschlossenheit fast zum Schmelzen brachte.

Sei stark. »Ich brauche keinen Handwerker.«

»Da bin ich anderer Ansicht. Es waren nicht nur deine Toilette und dein Ofen, die etwas Aufmerksamkeit brauchten. Ich habe ein paar Dinge in Ordnung gebracht und eine Liste mit anderen Dingen begonnen, die ein wenig liebevolle Zuwendung benötigen.«

»Du hattest kein Recht dazu.«

»Ich habe es trotzdem getan. Vor allem der elektrische Schalter in deiner Küche war ein Sicherheitsrisiko.«

»Hast du dieses Brummen gestoppt, das er von sich gegeben hat?«, fragte sie mit hoher Stimme.

»Ja.« Er zuckte zusammen. »Gibt es noch andere Schalter, die dieses Geräusch machen?«

Sie schüttelte den Kopf.

»Nun, ich denke, ich sollte mich auf den Weg machen, jetzt, da du sicher zu Hause bist.«

»Wo wohnst du?«

Er zuckte mit den Schultern. »Ich werde schon etwas finden.«

»Wo sind deine Sachen?«

»Ich reise mit leichtem Gepäck.«

Es brauchte keine Glühbirne, damit sie es verstand. »Du bist obdachlos.«

»Nicht wirklich. Ich habe nur noch keine Wohnung gefunden.«

Schlechte Idee. Schlecht. Schlecht. Schlecht.

Sie hielt die Eingangstür weit auf und sagte:

»Willkommen in Kylies Gästehaus. Freie Unterkunft und Verpflegung im Austausch für Reparaturen.«

Sein Grinsen brachte beinahe ihr Höschen zum Schmelzen. »Abgemacht.«

»Und für deine erste Aufgabe brauche ich deine Muskeln.«

Er zog eine Augenbraue hoch. »Meine Muskeln gehören dir.«

»Gut. Wir werden nämlich einen Weihnachtsbaum holen, und da ich keinen Wagen habe, wirst du ihn tragen müssen.«

Wenn sie Protest erwartet hatte, war ihre Erinnerung an ihn offensichtlich nicht gut, denn er grinste, das Lächeln des Jungen, den sie einst gekannt hatte. »Ich werde den größten Baum mitbringen.«

»Nicht den größten!«, quiekte sie. Das konnte ihr Budget nicht verkraften.

»Darf es ein dicker sein?«, drängte er.

»Du hast doch gesehen, wie groß mein Wohnzimmer ist, oder? Der Ort, an dem du schlafen wirst, es sei denn, du kommst damit klar, im alten Zimmer und Bett meiner Mutter zu schlafen. Ich habe es nach ihrem Tod noch nicht ausgeräumt.« Sie rümpfte die Nase.

»Ich kann dir beim Ausmisten helfen«, bot er an, während sie nebeneinander hergingen.

»Ich sollte wirklich aufhören, es hinauszuzögern, und es erledigen, aber ...«

»Du hast Angst, nostalgisch zu werden?«

Ihre Stimme war erstickt. »Erinnerst du dich überhaupt nicht mehr an sie?« Sie hatte sich oft genug über ihre Mutter beschwert.

»Bei deiner Abneigung gegen sie hätte ich gedacht, du hättest ihren ganzen Kram schon längst hinausgeschafft. Worauf wartest du?«

»Ich würde wieder einmal eines ihrer Durcheinander aufräumen. Sehen, wie sie Sachen für sich gehortet hat, während ich leer ausging. Mich daran erinnern, wie fürchterlich sie zu mir war. Was sich schrecklich anhört. Ich meine, die Frau ist gestorben und hat mir ein Haus hinterlassen. Wenn das nicht wäre, würde ich entweder in einer lieblosen Ehe oder in einem Heim festsitzen.«

»Sie ist tot. Wen kümmert es, wenn du sie immer noch hasst?«

»Es ist falsch. Ich meine, sie war meine Mutter.«

»Sie war eine Fotze.«

»Gus! Nicht solche Worte!«, schnaubte sie schockiert.

»Es tut mir leid. Sie war eine schnabeltierige, eselreitende, saure Melkkuh.«

Die Beleidigung war so lächerlich, dass sie nicht anders konnte, als in Gelächter auszubrechen.

»Habe ich unrecht?«, fragte er, als sie sich beruhigt hatte.

»Nein.« Sie kicherte. »Du hast vergessen hinzuzufügen, wie sehr sie immer nach Zigaretten und Gin gestunken hat.«

»Erinnere mich nicht daran. Ich erinnere mich noch an ihre Standpauke, als ich dich zum Abschlussball abholen wollte. Sie war so betrunken, dass ich Angst hatte, die Dämpfe würden in meine Jacke gelangen und wir würden nicht zum Tanz gehen dürfen.«

»Ich habe mein Anstecksträußchen getrocknet und gepresst in einem Buch aufbewahrt. Während ich in der Schule war, hat sie es geraucht, da sie dachte, es sei Cannabis.«

»Und du hast ihr Zeug noch nicht angezündet?«

Sie musterte ihn. »Weißt du was, das klingt nach einer gar nicht mal so schlechten Idee.« Sie hasste es, wie leicht es ihr fiel, wieder mit ihm zu reden, aber er verstand sie. Er war derjenige gewesen, der sie getröstet hatte, als ihre Mutter den gebrauchten Computer vollgekotzt hatte, für den sie lange gespart hatte. Er hatte mit ihr auf dem Wasserturm geschrien, weil sie sich beide wünschten, sie hätten in Sachen Familie ein besseres Blatt bekommen.

»Die Feuerstelle in deinem Garten ist zugewachsen, aber es würde nicht viel brauchen, um sie nutzbar zu machen.«

»Dann betrachte es als eine deiner Aufgaben für die Miete«, bot sie an.

Die Bäume, die zum Verkauf standen, befanden sich auf dem Parkplatz der Kirche, ein Teil dessen, wie sie Gelder sammelten. Während sie umhergingen und er sich von den größten Bäumen ablenken ließ, hielt sie nach den dürren, billigeren Exemplaren Ausschau.

Sie sah sich einer Frau gegenüber, die eine ausgerechnet mit Strasssteinen besetzte Augenklappe trug. Ihre schwarze Pelzmütze passte zu ihrem Mantel, und ihr Mund war mit knallrotem Lippenstift bedeckt.

»Hallo, Liebes«, sagte die Frau mit einem starken Akzent.

»Hi.« Sie ging an ihr vorbei, aber die Frau sprach weiter. »Sie sind mit einem wirklich gut aussehenden Mann gekommen. Ihr Ehemann?«

»Was? Nein, nur Freunde.«

»Wirrrklich?« Die Fremde rollte das R.

Verärgert über ihr seltsames Interesse schenkte Kylie ihr ein falsches Lächeln. »Wenn Sie mich entschuldigen, ich muss sicherstellen, dass er nicht versucht, mich zu überreden, einen übergroßen Baum zu kaufen.«

Sie eilte an der Frau vorbei, doch sie kam zu spät. Gunner bezahlte und schulterte einen Baum, der zwar nicht extrem lang war, aber definitiv zu den schöneren gehörte.

Als sie ihn erreichte, zischte sie: »Was machst du da?«

»Ich hole einen Baum.« Er hielt ihn auf seiner Schulter fest und begann zu gehen.

Sie hielt mit ihm Schritt. »Er ist zu groß.«

»Ich habe ihn gemessen. Er ist etwas über eins achtzig hoch. Deine Decke ist zwei Meter vierzig hoch, das heißt, es ist genügend Platz für eine Baumspitze.«

Trotz ihrer Scham platzte sie heraus: »Du hast ihn von der teuren Seite gekauft. Das kann ich mir nicht leisten.« Sie senkte den Kopf, um ihre heißen Wangen zu verbergen.

Er hielt inne und sah sie an. Sie konnte seinen Blick spüren, als er sagte: »Der geht auf mich. Betrachte es als Dankeschön.«

»Wofür? Dass ich dich auf der Couch schlafen lasse? Dass du dafür arbeiten musst?« Tränen brannten ihr in den Augen.

»Ich habe schon auf Schlimmerem geschlafen. Ich muss mich beschäftigen, und das Dankeschön ist dafür, dass du mich wieder in dein Leben lässt.«

»Wir werden nicht zusammenkommen«, beharrte sie.

Seine Lippen zuckten, als er sagte: »Noch nicht.« Dann pfiff er, als er zu ihrem Haus ging.

KAPITEL SECHS

»Ich werde es dir zurückzahlen«, beharrte sie, als sie zu ihrem Haus gingen.

»Es ist keine große Sache.« Während Gunner äußerlich ruhig blieb und sogar lächelte, kochte er innerlich. Er war wütend, allerdings nicht auf Kylie. Auf sich selbst.

Es war ihr peinlich, weil sie keinen verdammten Weihnachtsbaum kaufen konnte. Eine grundlegende Sache, wie er fand, und doch hatte er gesehen, wie sie zwischen den beschissenen Tannenbäumen stöberte, obwohl sie den tollsten Baum von allen verdient hatte. Also, ja, er hatte ihn verdammt noch mal gekauft. Schließlich hatte er Geld auf der Bank, das er sonst nie anrührte. Sie war nicht die Einzige, deren Familie gestorben war und ein Erbe hinterlassen hatte.

Seine Mutter starb, als er in seinem ersten

Einsatz in Übersee war. Sein Vater, ein vielbeschäftigter College-Professor, war nicht einmal sechs Monate später einem Herzinfarkt erlegen. Er würde gern behaupten, getrauert zu haben, aber sie hatten sich nie nahegestanden. Er und sein Bruder, der im Keller wohnende Dichter, hatten geerbt. Eine schlechte Sache für Joel, denn er verprasste eine Menge davon für Drogen und starb innerhalb eines Jahres an einer Überdosis. Damit hatte Gunner einen Haufen Geld auf der Bank liegen und nichts, was er damit tun konnte. Bis jetzt.

»Du gibst schon zu viel aus, um mir zu helfen. Das Holz für die Treppe kann nicht billig gewesen sein.«

»Genauso wenig wie die Miete für ein Hotelzimmer.«

»Wenigstens hättest du ein Bett und keine unbequeme Couch«, konterte sie.

»Ich habe schon auf Schlimmerem geschlafen.« Als sie das Haus betraten und sie die Tür aufhielt, während er den Baum hineintrug, wechselte er das Thema. »Wer war die Dame, mit der du dich unterhalten hast?« Er hatte nur ihren Hinterkopf gesehen.

»Keine Ahnung. Ich habe sie noch nie getroffen«, antwortete Kylie, während sie sich ihrer warmen Sachen entledigte.

Er spazierte mit dem Baum ins Wohnzimmer, und sie schloss sich ihm an.

Sie runzelte die Stirn. »Mir fällt ein, dass ich

nichts habe, um ihn aufrecht zu halten. Würde ein Eimer funktionieren?«

»Ich glaube, da haben wir etwas Besseres. Ich bin mir ziemlich sicher, im Keller einen Baumständer gesehen zu haben. Gib mir eine Sekunde.« Er lief die Treppe hinunter und holte ihn, zusammen mit einem verstaubten Karton voller Baumschmuck.

Als er zurückkam, war Kylie zu seiner Überraschung nicht im Wohnzimmer. Er stellte den Baum in den Ständer, gab ihm etwas Wasser und ging auf die Suche. Sie stand im Zimmer ihrer Mutter, die Fäuste geballt, in einer Hand eine Mülltüte.

»Was machst du da?«, fragte er gegen den Türrahmen gelehnt.

»Du verdienst ein richtiges Bett.«

»Du musst das nicht heute Abend machen«, murmelte er leise.

»Doch, das muss ich. Ich muss aufhören, sie in meinen Kopf zu lassen. Das ist jetzt mein Haus. Mein Leben.« Sie blickte ihn an. »Und es braucht eine Verschönerung.«

»Gut, dann lass mich ein paar Kartons holen. Einiges von dem Zeug ist wahrscheinlich gut für die Wohlfahrt.«

Als er mit ein paar Kartons zurückkam, hatte sie bereits begonnen, die Kommode auszuräumen, und murmelte etwas vor sich hin. »Kein Geld für Klamotten für mich und sieh dir das an. Da sind noch die Etiketten dran.« Sie warf Hemden weg. Hosen. Seidene Pyjama-Sets. Vieles davon war neu.

Der Schrank sah genauso aus, woraufhin sie kreischte: »Diese egoistische Kuh! Ich war praktisch in Lumpen gekleidet, und währenddessen hat sie all diese Sachen gehortet.« Sie schleuderte ihm ein mit Pailletten besetztes Partykleid entgegen, das er auffing und einen Blick auf das Preisschild warf. Dreihundert, auf einhundertfünfzig reduziert. Und nie getragen.

»Wir müssen die Sachen nicht spenden. Soll ich die Feuerstelle vorbereiten?«

Kylie hielt inne, die Hände in die Hüften gestemmt. »Ein Teil von mir möchte sie abfackeln, aber weißt du, was sie damit im Frauenhaus machen könnten? Auch wenn es nicht mehr aktuell ist.« Sie hielt einen Blazer hoch. »Jemand da draußen braucht das mehr, als dass ich eine Pyromanin sein muss.«

Immer noch Kylie, die Gute und Großzügige. Es brachte ihn um, sie so aufgebracht zu sehen. Aber gleichzeitig war er genau da, wo er sein wollte.

Sie packten die neuen und leicht gebrauchten Sachen ein. Den Rest karrten sie in den Garten. Während er die Feuerstelle ausräumte, ging sie mehrfach hin und zurück und brachte die Bettdecke ihrer Mutter herunter, die noch immer nach Zigaretten stank. Ihr Kopfkissen. Ihre Haarbürste. Sogar das Parfüm, das sie immer getragen hatte.

Das Feuer brannte hell und ließ nur Marshmallows vermissen.

Jedes Mal wenn sie etwas in das Inferno warf, sagte Kylie ein paar Worte. »Ich habe dieses Hemd immer gehasst.« Mit der Bürste: »Du hattest hässliche Haare. Ich bin froh, dass ich sie nicht geerbt habe.« Die Parfümflasche ließ die Flammen auflodern und es stank. Kylie zog eine Grimasse und sagte: »Ihr Parfüm hat mich immer an ein Beerdigungsinstitut erinnert.«

Als Kylie nichts mehr zum Verbrennen hatte, setzte sie sich neben ihn auf einen klapprigen Stuhl und starrte in die Flammen.

Er stupste sie sanft an. »Fühlst du dich besser?«

»Nein«, brummte sie. »Ich hasse sie. Und doch tue ich es nicht. Als sie im Sterben lag, habe ich keine Entschuldigung dafür bekommen, dass sie eine beschissene Mutter war. Keine plötzliche Reue am Sterbebett. Aber gleichzeitig wusste sie, dass ich mit Howard in Schwierigkeiten steckte. Sie war diejenige, die mich dazu drängte, die Scheidung einzureichen, und mir sagte, ich solle in das Haus ziehen. Sie sagte, nur so könne sie sicherstellen, dass ich etwas habe, das er nicht anfassen kann, wenn sie stirbt.«

»Sie hat dir zur Flucht verholfen.«

Sie nickte. »Und ich verstehe es nicht. Sie ist nicht zu meiner Hochzeit gekommen. Sie kannte ihre Enkelin kaum. Wenn ich Annabelle nicht ein paarmal mitgebracht hätte, hätte sie sie nie kennengelernt.«

»Deine Mutter hatte Probleme.«

Daraufhin schnaubte Kylie. »Meinst du?« Sie sackte in sich zusammen. »Als sie im Krankenhaus war, habe ich sie nach meinem Vater gefragt und wie er gegangen ist.«

Am selben Tag, an dem sie sich kennengelernt hatten. »Was hat sie gesagt?«

»Dass er nicht mein Vater war.« Ein leises Flüstern. »Sie hat mich mein ganzes Leben lang belogen. Es stellte sich heraus, dass sie bereits mit mir schwanger war, als sie sich trafen. Sie weiß nicht, wer es war. Sie sagte, jemand hätte ihr auf einer Party K.-o.-Tropfen gegeben.«

»Scheiße.« Er wusste nicht, was er sonst sagen sollte.

Sie zog die Mundwinkel nach unten. »Ich schätze, es gibt kein besseres Wort dafür. Das erklärt auch eine Menge. Warum der Mann, den ich für meinen Vater hielt, kein Problem damit hatte, mich zu verlassen. Warum meine Mutter mich immer zu hassen schien. Warum ich nicht liebenswert bin.« Sie rollte sich in sich selbst zusammen.

Er konnte es nicht ertragen. »An dir ist gar nichts falsch, und auch wenn das, was deiner Mutter passiert ist, scheiße ist, hätte sie es nicht an dir auslassen sollen.« Er griff nach ihr, da er sie trösten wollte.

Abrupt stand sie auf und wich seiner Berührung aus. »Ich gehe ins Bett.«

Er wollte ihr nach drinnen folgen und ihr Trost spenden. Angesichts ihres zerbrechlichen emotionalen Zustands würde sie vielleicht sogar mehr wollen. In der Vergangenheit hatte sie ihn nach Streits mit ihrer Mutter praktisch überfallen. Aber sie waren kein Paar mehr, und es wäre falsch, das auszunutzen.

»Ruf, wenn du mich brauchst«, sagte er stattdessen. Er saß am Feuer, bis es nur noch aus verglimmender Kohle bestand, und zog dann den Gartenschlauch heraus, um sicherzustellen, dass es nicht wieder aufflammte. Erst dann machte er sich auf den Weg ins Haus, zu unruhig, um zu schlafen.

Er richtete den Baum ein wenig her, schmückte ihn jedoch nicht, da er sich ziemlich sicher war, dass Kylie das mit ihrer Tochter machen wollte. Während er in der Dunkelheit danebenstand, schaute er aus dem Fenster.

Eine Gestalt stand auf der anderen Straßenseite. Eine massige Frau mit einem Hut, der ihn an die Frau erinnerte, die bei dem Weihnachtsbaumverkauf mit Kylie gesprochen hatte. Eine Frau mit einer Augenklappe, die vielleicht eine Wunde verdecken sollte.

Als spürte sie seinen Blick, winkte sie ihm zu und ging dann weg, was ihm einen Schauer über den Rücken jagte, als er sich daran erinnerte, was Brock ihm erzählt hatte.

Auf keinen Fall war Joella im hierher gefolgt. Gleichzeitig hatte er jahrelang in demselben Dorf in Rumänien gelebt wie sie. Es war gut möglich, dass er seine Heimatstadt erwähnt hatte. Würde sie wirklich so dumm sein, ihn zu stalken? Sie musste wissen, dass er keine Bedrohung für sich oder die dulden würde, die ihm wichtig waren.

Er lief aus der Haustür und über die Straße zu der Stelle, an der sie gestanden hatte. Den Geruch, den sie hinterließ, erkannte er nicht.

Ein Teil von ihm wollte ihr nachjagen. Sie konnte nicht weit weg sein.

Er warf einen Blick zurück auf das Haus. Kylie war allein. Was, wenn das ein Trick war, um ihn wegzulocken?

Anstatt loszueilen, ging er hinein und legte sich unruhig auf die Couch. Er tat sein Bestes, um sich einzureden, dass er sich keine Sorgen machen musste.

Offenbar hatte ihn die Sache etwas mehr erschreckt als erwartet, denn er erwachte mit einem unmännlichen Grunzen, als ein kleines Mädchen ihn anstupste und fragte: »Bist du tot?«

KAPITEL SIEBEN

Kylie war mit einem seltsamen Gefühl der Aufregung aufgewacht. Seltsam, wenn man bedachte, dass sie niedergeschlagen ins Bett gegangen war. Es tat weh, erneut die Enthüllung ihrer Mutter zu durchleben, dass sie das Ergebnis einer Vergewaltigung war. Aber gleichzeitig erklärte es so viel. Kein Wunder, dass ihre Mutter sie gehasst hatte. Auch wenn Kylie sich nicht vorstellen könnte, ein unschuldiges Kind zu verachten. Rational gesehen wusste sie, dass das Trauma ihrer Mutter ihr nicht das Recht gegeben hatte, sie so zu behandeln. Aber die Realität war oft enttäuschend.

Sie musste sich fragen, ob die Dinge anders gelaufen wären, wenn ihre Mutter es ihr als Kind gesagt hätte. Warum hatte sie gewartet, bis sie im Sterben lag, um die Wahrheit zuzugeben? Andererseits hätte dieses Wissen Kylie als Teenager vielleicht auf einen anderen Weg gebracht, einen selbstzerstörerischen.

Es war befreiend gewesen, jemandem ihr dunkles Geheimnis zu erzählen. Dass er ihr bestätigte, dass sie es nicht verdient hatte. Warum also hatte sie sich gestern Abend nicht von Gunner trösten lassen? Sie hatte sicherlich eine Umarmung gebraucht, aber stattdessen war sie geflohen. Geflohen, als würde sie gleich etwas Dummes tun. Zum Beispiel, sich von ihm trösten zu lassen. Sie wusste bereits, was passieren würde, wenn sie in seinen Armen, in seiner Nähe wäre. Vielleicht würde es immer noch passieren, selbst wenn er weiter auf ihrer Couch schlief.

Sie hörte eine Autotür zuschlagen und Stimmengemurmel. Es klang fast wie Annabelle. Sie warf einen Blick auf die Uhr. Fast acht. Ihre Tochter hätte schon auf dem Weg zur Schule sein müssen. Sie sprang aus dem Bett, bereits mit Pullover und Trainingshose bekleidet, die Haare wild durcheinander, als sie die Treppe hinunterstürmte, gerade rechtzeitig, um zu hören, wie Annabelle ihren Übernachtungsgast mit den Worten »Bist du tot?« weckte.

Sie betrat gerade das Wohnzimmer, als Gunner auf dem Boden aufschlug, auf die Füße sprang, sich die Haare zurückstrich und stotterte: »Hallo, Kleine. Nicht tot, wie du sehen kannst.«

Annabelle kicherte. »Du schläfst wie ein

Toter.« Um zu zeigen, was sie meinte, schloss Squishy die Augen und verschränkte die Hände vor der Brust.

»Oh. Ähm. Tut mir leid?« Der arme Kerl klang so verwirrt.

»Was machst du denn hier, Squishy?«, fragte Kylie, um sich bemerkbar zu machen. »Solltest du nicht in der Schule sein?«

»Sie hat darauf bestanden vorbeizukommen, um etwas für das Weihnachtskonzert zu holen.« Howard trat ein, einen verächtlichen Ausdruck im Gesicht, als er das Haus ihrer Kindheit beurteilte und alles bemerkte, an dem es fehlte.

»Ihre Glockenmütze«, rief Kylie aus. »Sie liegt auf ihrer Kommode.«

»Ich bin gleich wieder da, Daddy.« Annabelle lief los und ließ Howard zurück, der Gunner anfunkelte.

»Was macht *der* denn hier?«

Der Tonfall brachte Kylie in die Defensive. »Gunner macht ein paar Arbeiten am Haus für mich im Austausch für einen Platz zum Schlafen, bis er etwas Dauerhaftes findet.«

»Arbeiten.« Ein Wort, und Howard ließ es schmutzig klingen.

»Es hat sich herausgestellt, dass er handwerklich begabt ist, im Gegensatz zu einigen Leuten, die ich kenne.« Eine Retourkutsche, denn Howards Vorstellung davon, etwas zu reparieren, bestand darin, jemanden anzurufen und dafür zu bezahlen, dass er sich darum kümmerte.

»Ich dachte, ich hätte mich klar ausgedrückt. Ich will ihn nicht in der Nähe meiner Tochter haben.«

Kylie hob das Kinn an. »Sie ist *unsere* Tochter. Und du hast nicht zu entscheiden, wer meine Freunde sind.«

»Freunde? Du hast ihn seit zehn Jahren nicht mehr gesehen.«

»Und?«, gab sie zurück.

Gunner sagte überraschenderweise nichts, sondern blieb nur standhaft an ihrer Seite. Sie schätzte es, dass er ihr die Situation überließ, während sie sich fragte, warum er Howard nicht sagte, wohin er gehen solle. Sie musste zwar nicht gerettet werden, aber manchmal wünschte sie es sich.

»Ich muss mich wirklich wundern, welche Entscheidungen du getroffen hast, Kylie. Vielleicht solltest du dir professionelle Hilfe suchen.«

»Ich?«, quiekte sie. »Ich brauche keinen Therapeuten, weil ich mich weigere, nach deiner Pfeife zu tanzen.«

Howard spannte den Kiefer an. »Es ist nicht falsch, für die Sicherheit meiner Tochter zu sorgen, wenn sie hier zu Besuch ist.«

»Annabelle ist bei mir völlig sicher, und das weißt du«, schnaubte sie.

»Ich frage mich, ob ein Richter angesichts deiner

derzeitigen Lebensumstände zustimmen würde.« Er blickte Gunner an, der schließlich etwas zu sagen hatte.

»Kylie ist eine gute Mutter, und das weißt du auch.«

»Kümmere dich um deine eigenen Angelegenheiten«, erwiderte Howard knapp.

»Kylie ist meine Angelegenheit, und ich werde nicht zulassen, dass du in ihr Haus kommst und so über sie redest.«

»Oder was?«, spottete Howard.

»Mach nur weiter und du wirst es herausfinden.« Gunners Drohung war leise ausgesprochen.

Annabelle kehrte zurück und schwenkte ihre Mütze. »Habe sie. Kommst du, um mir zuzugucken, Mommy?«

»Ich würde es nicht verpassen wollen, Squishy.« Sie hatte sich den Tag für das Schulkonzert freigenommen.

»Kommst du auch?«, fragte sie Gunner.

»Wenn deine Mutter einverstanden ist.«

Howards Gesichtsausdruck sagte ihr, was sie antworten sollte. Aber sie war nicht mehr mit ihm verheiratet, also sagte sie fröhlich: »Wir werden beide in den hässlichsten Weihnachtspullovern erscheinen, die du je gesehen hast.«

»Juhu! Komm schon, Daddy. Wir müssen zur Schule. Wir verzieren Plätzchen, statt Mathe zu machen.« Annabelle umarmte schnell Kylie und auch den überraschten Gunner, bevor sie zur Tür hinaushüpfte.

Howard presste verärgert die Lippen aufeinander. »Wir werden das noch weiter besprechen.«

Kylie wusste, was das bedeutete. Er würde sie so lange beschimpfen und belehren, bis sie einlenkte. Nur hatte er kein Recht mehr, ihr Vorschriften zu machen. Sie fand ihr Rückgrat und hob das Kinn. »Es gibt nichts zu besprechen. Dies ist mein Haus, Howard. Du hast mir nicht zu sagen, wer kommen und gehen darf.«

»Das werden wir ja sehen.« Seine ominöse Drohung, als er zur Tür hinausging.

»Was für ein verdammtes Arschloch«, rief Gunner aus.

Sie stimmte ihm zwar zu, zog jedoch die Mundwinkel nach unten. »Ich hätte ihn nicht verärgern sollen.« Sie ließ sich auf die Couch plumpsen, in das Durcheinander von Decken, die Gunner bei seinem abrupten Erwachen zurückgeschlagen hatte. Sie stützte den Kopf in die Hände, als ihr einfiel, dass dieser einfache Akt des Trotzes sie wieder vor das Familiengericht bringen könnte. Howard mochte es nicht, wenn man ihm widersprach.

»Sag es nur, Lily, und er muss kein Problem mehr sein«, bot er an.

»Was willst du tun, ihn umbringen?«

»Wenn es nötig ist.«

Sie blickte ihn an und sah seine grimmige Miene. »Warte, meinst du das ernst?«

»Er ist ein Arschloch.«

»Er ist auch Annabelles Vater. Du kannst ihn nicht einfach umbringen, nur weil er unhöflich zu mir ist.« Was hatte das Militär ihm angetan, dass er das überhaupt für eine Lösung hielt?

»Wir wissen beide, dass er mehr als nur unhöflich ist«, schnauzte Gunner. »Der Kerl zieht dich absichtlich auf.«

»Und? Das ist mein Problem. Nicht deines.«

»Ja, aber ich mache ihn zu meinem Problem, weil ich sehe, dass er dir Angst macht.«

»Er macht mir Angst, weil er den Einfluss hat, mir meine Tochter wegzunehmen. Und dass du hier bist, gibt ihm nur noch mehr Munition.«

»Wie du schon sagtest, er kann dir nicht vorschreiben, mit wem du dich triffst.«

»Sei dir da nicht so sicher. Seine Familie hat tiefe Taschen und Freunde in hohen Positionen. Wenn Howard beschließt, dass er Annabelle von mir fernhalten will, werde ich ihn nicht aufhalten können.«

»Das ist nicht richtig«, rief er aus.

»Nein, das ist es nicht. Aber es ist, wie es ist.«

»Ist das deine Art zu sagen, dass ich mir eine andere Bleibe suchen muss?«

Die richtige Antwort lautete ja. Howard machte deutlich, dass er Gunner nicht mochte. Gleichzeitig funktionierte es nie, Howard zu beschwichtigen, und sie konnte die Hilfe im Haus wirklich gebrauchen. »Nein, aber ich möchte nicht, dass du Howard absichtlich verärgerst.«

»Oh Mann. Aber es macht so viel Spaß, ihn zu reizen«, sagte er mit einem jungenhaften Grinsen.

»Du hast wirklich ein Händchen dafür. Ich habe noch nie erlebt, dass er jemanden so schnell nicht leiden konnte.«

»Gern geschehen. Also, was ist das für ein Weihnachtskonzert? Und sagtest du etwas von einem hässlichen Pullover?«

»Du musst nicht hingehen. Schulkonzerte sind wunderbar und quälend zugleich«, gab sie zu. Sie liebte es, ihr eigenes Kind auftreten zu sehen, aber auf die zwei Stunden voller fremder Kinder hätte sie verzichten können.

»Machst du Witze? Klingt nach Spaß.«

»Das sagst du, aber du hast noch nicht gesehen, was du anziehen musst.« Im Sommer hatte sie auf einem Garagenflohmarkt ein paar Weihnachtspullover für fünfzig Cent pro Stück ergattert.

Ein paar Stunden später, nachdem er einige Dinge repariert hatte, von denen sie nicht einmal gewusst hatte, dass sie kaputt waren, und sie ein frühes Mittagessen mit heißer Tomatensuppe und Käsetoast zu sich genommen hatten, das er für köstlich erklärte, warf sie ihm ein Stoffbündel zu.

Er fing es auf und schüttelte es aus. Sein offen stehender Mund brachte sie fast zum Kichern. »Das ist der Hammer.« Er hielt den Strickpullover mit dem riesigen Rudolph-Gesicht und der roten Pompon-Nase hoch. Die Girlande in den Geweihen entlang der Arme machte ihn wirklich zu etwas Besonderem.

»Bitte, wir wissen beide, dass du auf meinen neidisch bist.« Sie hatte einen Baum mit echtem Christbaumschmuck und aufgenähten blinkenden Lichtern.

Er grinste. »Ich gebe zu, der ist irgendwie heiß.«

Sie schnaubte. »Du musst dir beim Militär wirklich den Kopf angeschlagen haben. Jetzt komm schon. Wir wollen nicht zu spät kommen, sonst stehen wir am Rand. Und nur damit du es weißt, mach dir nicht die Mühe, nach etwas Scharfem zu fragen, das du dir in die Ohren rammen kannst. Meine Handtasche ist frei von spitzen Gegenständen.«

»Sollen wir?« Er bot ihr seinen Arm für den Spaziergang an. Das Konzert begann um elf Uhr dreißig und sollte gegen dreizehn Uhr zu Ende sein. Da es der letzte Schultag vor den Weihnachtsferien war, würden die meisten Schüler gleich danach gehen. Sie konnte es kaum erwarten, mit Annabelle den Baum zu schmücken.

Gunners Auftauchen an ihrer Seite zog einige Blicke auf sich, vor allem weil Howard sie von der gegenüberliegenden Seite der Turnhalle aus anfunkelte. Gunner schien sich trotz der niedrigen Stühle und des schiefen Gesangs zu amüsieren und sogar Mitleid mit dem Kind zu haben, das auf der Bühne vor lauter Überwältigung zu weinen begann.

Als Annabelle mit ihrer Klasse erschien, ihren fröhlichen Hut auf dem Kopf und beim Singen ihrer Lieder mitbrüllte, wippte sein Bein, und Kylie war sich nicht einmal sicher, ob er merkte, dass er ihre Hand ergriffen und ihre Finger miteinander verschränkt hatte.

Nach dem Konzert blieben sie nicht unbemerkt.

Chrissy Ferguson lauerte ihnen mit einem verschlagenen Lächeln auf. »Sieh an, sieh an, wer wieder in der Stadt ist. Ich schätze, jetzt weiß ich, warum du deinen Mann verlassen hast.«

Obwohl sie es besser wusste, versteifte Kylie sich und erwiderte: »Gunner ist erst seit ein paar Tagen zurück und hatte nichts damit zu tun.«

»Natürlich nicht. Erinnerst du dich an mich?« Chrissy, die von ihrem zweiten Mann geschieden war und mit über dreißig immer noch so munter und perfekt aussah wie zu Highschool-Zeiten, klimperte mit den Wimpern.

»Ich erinnere mich. Du scheinst dich nicht verändert zu haben«, erklärte er.

Chrissy dachte, er würde ihr schmeicheln. »Weißt du, wir haben nie viel miteinander geredet, da Kylie dich in Beschlag genommen hat. Wenn du plaudern oder dich amüsieren willst, solltest du dich bei mir melden.«

»Die einzige Person, mit der ich Spaß haben möchte, ist Kylie. Wenn du uns also entschuldigen würdest, wir haben Besseres zu tun.«

Er führte sie von Chrissy weg und Kylie murmelte: »Das war nicht sehr nett.«

»Das ist mir egal.«

»Vielleicht hättest du mit ihr ausgehen sollen.«

»Was? Warum zum Teufel sollte ich das tun?«

»Weil es die Gerüchte gestoppt hätte, dass wir wieder zusammenkommen.«

»Nun, technisch gesehen wohnen wir im selben Haus.«

»Als geschäftliche Vereinbarung«, erinnerte sie ihn.

»Wenn du das sagst.« Er zwinkerte ihr zu und hielt ihr die Tür auf, um nach draußen zu gehen.

Howard war bereits dort und wartete bei seiner Luxuslimousine. Es wäre fantastisch gewesen, ihm aus dem Weg zu gehen, aber sie wusste, dass es besser war, nicht wegzulaufen. Sie ging auf ihn zu und setzte ein falsches Lächeln auf, während sie versuchte, freundlich zu sein. »War Annabelle nicht großartig?«

»Als gäbe es irgendeinen Zweifel.«

»Holst du sie Heiligabend morgens oder nachmittags ab?«

»Eigentlich habe ich meine Pläne geändert. Ich brauche sie noch einen Tag.«

»Was?« Sie konnte ihren Schock nicht verbergen. »Ich dachte, deine Firmenfeier war gestern.«

»Das war die allgemeine Keeler-Feier. Heute ist die des Weinguts.«

Sie kniff die Lippen zusammen. »So war das nicht abgemacht.«

»Ich hatte es vergessen.«

»Wie praktisch«, murmelte Gunner.

»Das ist meine Woche mit ihr.« Sie wich nicht zurück.

»Also wirst du ihr erklären, warum sie nicht gehen kann?«

»Reicht es nicht, dass du sie Heiligabend und am ersten Weihnachtstag bekommst?« Sie kämpfte darum, das Zittern zu unterdrücken, aber ihre Kehle schnürte sich zu.

»Weißt du was, ich habe am Sechsundzwanzigsten einen Termin mit einem großen Kunden. Wie wäre es, wenn ich sie früh abliefere und du sie über Nacht behältst?«

Als Gunner sich einmischen wollte, ergriff sie das Wort. »Ich bin einverstanden, aber nur, wenn du sie am Dreißigsten auch früher zu mir bringst.«

Zu ihrer Überraschung stimmte Howard zu. »Abgemacht.«

»Schwörst du es?« Sie wollte ein Versprechen, denn obwohl er ein Idiot sein konnte, hielt Howard in der Regel sein Wort.

»Ich bin nicht derjenige, der ein Problem damit

hat, seine Versprechen zu halten.« Eine Anspielung auf die Tatsache, dass sie die Scheidung eingeleitet hatte. Und dann, weil er das Gespräch einfach nicht mit einer netten Bemerkung beenden konnte: »Und ich dachte, du freust dich, dass du die Zeit mit deinem Liebhaber allein verbringen kannst.«

»Gunner ist ein Freund. Nichts weiter.«

»Für dich vielleicht, aber er will mehr, nicht wahr?« Den letzten Teil richtete er an Gunner.

»Was zwischen Kylie und mir passiert, liegt allein an ihr. Und im Moment besteht es hauptsächlich darin, dass ich versuche, ihr zu zeigen, dass es mir leidtut. Ich habe es vermasselt. Ich übernehme die volle Verantwortung dafür. Aber ich will nicht lügen, ich hoffe, dass sie mir verzeihen kann.«

»Dir verzeihen, damit du sie wieder im Stich lassen kannst?« Howard grinste höhnisch. »Jeder weiß, wie du sie hast sitzen lassen. Das ist der Grund, warum ich mich um sie bemüht habe. Weißt du, wie selten es ist, dass eine gut aussehende Frau nur mit einem Mann zusammen war? Sie war praktisch Jungfrau. So eng. Aber mach dir keine Sorgen. Ich hatte Jahre Zeit, sie einzuarbeiten und ihr ein paar Tricks beizubringen.«

Kylie schnappte nach Luft und ihre Wangen wurden rot vor Demütigung.

Neben ihr spannte Gunner sich an und sie erwartete fast, dass er Howard schlagen würde.

Irgendwie wünschte sie es sich sogar, obwohl sie wusste, dass es nur Ärger geben würde.

Stattdessen lachte Gunner. »Wow, dein Penis muss wirklich klein sein, wenn du dich von mir so bedroht fühlst, dass du die Mutter deines Kindes beleidigen musst.«

Howard nahm einen Rotton an, der äußerst ungesund aussah. »Du Stück –«

Als Kylie sah, wie Annabelle auf sie zuhüpfte, rief sie strahlend: »Da ist ja mein Weihnachtsstern. Squishy, du warst absolut fantastisch.«

»Die Beste auf der Bühne«, stimmte Gunner zu.

Die strahlende Annabelle ließ sogar Howard weich werden. Trotz all seiner Fehler liebte er sein Kind. Aber es war nicht genug, um Kylie dazu zu bringen, seine Beschimpfungen weiter zu ertragen. Sie konnte nur hoffen, dass er seine Kritik nie an Annabelle richtete. Sie würde es nicht dulden, wenn er versuchte, ihre lebhafte Art zu unterdrücken.

»Ich hatte solche Angst«, gab Squishy zu. »Aber dann habe ich gesehen, dass du dieses Hemd trägst.« Annabelle deutete auf Gunners Pullover, der durch seine geöffnete Jacke zu sehen war. »Und ich wusste, wenn du mutig genug bist, es zu tragen, dann kann ich auch singen.«

»Hey, was stimmt denn mit meinem Pullover nicht?«, fragte Gunner übertrieben. »Ich finde, ich sehe fantastisch aus.«

»Das tust du.« Annabelle kicherte. »Versprich

mir, dass du ihn morgen anziehst. Ich will Fotos machen, wenn wir den Baum schmücken.«

Wir.

Annabelle nahm an, dass Gunner dort sein würde. Ein Mann, den sie nur kurz getroffen hatte, aber offensichtlich schon mochte. Howard natürlich nicht.

»Wenn die Dame darauf besteht.« Er machte eine tiefe Verbeugung, die Annabelle wieder zum Lachen brachte.

»Du bist so albern.«

»Wohl eher geistig verwirrt«, murmelte Howard.

»Kann's losgehen, Daddy?«, fragte Annabelle süßlich, und Kylie musste sich fragen, wie viel des Untertons sie mitbekam, wenn sie bedachte, wie gut sie die angespannte Situation gemeistert hatte.

»Natürlich.«

»Ich hab dich lieb.« Squishy umarmte erst Kylie, dann Gunner. Ein Kind, das ihn bereits akzeptiert hatte.

Und dann war sie weg.

Gunner legte einen Arm um Kylies Schultern und beugte sich dicht an sie heran, um zu flüstern: »Scheiße, ich will ihm am liebsten eine reinhauen.«

Das wollte sie auch. Stattdessen sagte sie: »Willst du einkaufen gehen?«

KAPITEL ACHT

Es kostete Gunner Mühe, Howard nicht zu schlagen, als dieser ihn absichtlich reizte, aber er war weder ein Idiot noch ein Hitzkopf. Zum einen wusste er, dass das Arschloch nichts weiter wollte, als dass Gunner ausrastete, damit er ihn wegen Körperverletzung verklagen konnte und die nötige Munition hatte, um ihn aus Kylies Haus und Leben zu vertreiben.

Er würde diesem Arschloch diese Genugtuung nicht gönnen.

Aber er konnte auch nicht untätig bleiben, also beleidigte Gunner den Idioten ebenfalls und bereitete sich auf einen Schlag vor, falls Mr. Arschloch-im-Anzug kontern würde. Leider wusste der Feigling nur, wie man mit Worten kämpfte. Was in Ordnung war. Gunner konnte damit umgehen. Aber es gefiel ihm nicht, was es mit Kylie machte.

Ihre Verlegenheit schmerzte ihn. Ihre Ehre war beschmutzt worden. Er musste etwas tun, um die Sache wiedergutzumachen. Am ersten Weihnachtstag war Vollmond. Er fragte sich, was Keeler tun würde, wenn er es mit einem echten Raubtier zu tun hätte. Angesichts Kylies Vehemenz in Bezug auf das Töten würde er den Scheißkerl nicht zerfleischen, aber ihn zu Tode erschrecken ... Das klang genau richtig, um ihn in Weihnachtsstimmung zu bringen.

Leider half das Kylie nicht weiter. Sie senkte den Kopf und blieb während des Heimweges stumm.

Als sie in Sichtweite des Hauses kamen, murmelte sie schließlich: »Wir sollten die Pullover ausziehen, damit sie noch sauber sind, wenn Annabelle von ihrem Vater zurückkommt.«

»Klingt gut. Hey, wenn wir schon einkaufen gehen, sollten wir auch Lichterketten für den Baum besorgen. In dem Karton, den ich hochgeholt habe, habe ich keine gefunden, die funktionieren.«

Sie betraten ihr Haus und sie ging nach oben, um ihre Kleidung zu wechseln. Sie warf ihm einen Blick über die Schulter zu. »Du solltest vielleicht mehrere Schichten anziehen«, schlug sie vor. »Der Bus kommt nicht immer pünktlich.«

Er blinzelte sie an. »Warte, du willst, dass wir mit dem Bus zum Einkaufen fahren?«

»Ich muss noch ein paar Sachen für Annabelles Weihnachtsstrumpf besorgen, und ich habe die örtlichen Geschäfte abgeklappert. Es ist keine lange Fahrt. Normalerweise dauert es nur eine halbe Stunde.«

»Können wir nicht ein Taxi nehmen?«

Sie zog die Augenbrauen hoch. »Das ist ziemlich teuer. Du musst nicht mitkommen. Ich kann auch allein gehen.« Starrer Stolz lag in ihren Worten.

Trotzdem, ein Bus? Ja, das würde nicht funktionieren. Gunner konnte öffentliche Verkehrsmittel nicht ausstehen. Zu viele Gerüche und nervige Wichser.

Er hatte eine bessere Idee. »Ist *Ricos Werkstatt* noch in Betrieb?« Rico hatte immer ein paar Schrottkisten gehabt, Fahrzeuge, die die Leute abgegeben hatten, weil die Reparatur zu teuer war. Rico bastelte in seiner Freizeit gern an ihnen herum und verkaufte sie weiter.

»Ja, obwohl sie jetzt *Rico und Tochter* heißt. Warum?«, fragte sie.

»Weil es an der Zeit ist, dass ich mir einen fahrbaren Untersatz kaufe.«

»Jetzt?«

»Ja, jetzt. Ich kann nicht in einem Bus sitzen.«

»Ich habe schon gesagt, dass du nicht mitkommen musst, wenn es dir unangenehm ist«, erwiderte Kylie.

»Du bist nicht die Einzige, die ein paar Sachen einkaufen muss. Und scheiß drauf, es zurückzuschleppen.«

»Nicht solche Worte«, murmelte sie.

Er blinzelte. »Du bist so süß, wenn du die Anständige spielst.«

»Das ist kein Schauspiel«, brummte sie.

»Wirklich? Ich weiß nämlich noch, was du im Baumhaus immer zu mir gesagt hast.«

Ihren rosigen Wangen nach zu urteilen tat sie das auch. »Ich habe schon seit Jahren nicht mehr die Nine Inch Nails angehört.«

Und als sie es getan hatte, sang sie die Texte immer atemlos, während sie intim gewesen waren. Als junger Mann hatte er sie zu diesem Tempo gefickt und das Gefühl gehabt, er könne die Welt erobern, solange sie ihn liebte.

»Ich habe aufgehört, sie zu hören, weil sie mich an dich denken ließen«, gab er zu.

Sie senkte den Kopf. »Ich wünschte, du würdest das nicht sagen.«

»Warum nicht? Es ist die Wahrheit. Und weißt du, was noch wahr ist? Ich hasse es, in einer Sardinenbüchse mit Fremden zu fahren. Also lass uns einen Wagen kaufen.« Er packte sie an der Hand.

»Ich –« Sie wollte sich weigern, das konnte er sehen, als sie plötzlich die Lippen schürzte. »Weißt du was, wenn du einen Wagen willst, dann geht mich das nichts an, aber ich sehe nicht, wie du das heute noch hinbekommst. Was ist mit der Versicherung?«

»Ich habe einen Kumpel, der mir da aushelfen

kann. Ich schicke ihm gleich eine SMS, damit er sich darum kümmern kann.« Er schickte Brock eine SMS, in der er erklärte, dass er ein Fahrzeug kaufen würde, und ihn fragte, ob er einem Bruder helfen könne. Er machte sich nicht die Mühe, auf eine Antwort zu warten. Er wusste, dass sein Freund es tun würde.

Die Werkstatt war nur zehn Minuten Fußweg von Kylies Haus entfernt. Rico und seine Tochter Tansy hatten nicht viel zur Auswahl, einen zweitürigen Honda Civic mit Austauschmotor – der Vorbesitzer hatte ihn bei einem Straßenrennen zerstört –, einen Minivan, der nach Familie schrie und nach Froot Loops roch, und einen alten Ford F150 Pick-up, der Karosseriearbeiten nötig hatte.

Er hatte erwartet, dass Kylie sich zu dem Van hingezogen fühlen würde, da sie wie eine Supermutter war, aber zu seiner Überraschung zeigte sie auf den Pick-up. »Wenn du Holz und so was kaufen willst, ist der am nützlichsten.«

Da hatte sie recht. Die Ladung, die er am Vortag gekauft hatte, hatte er per Taxi transportieren müssen, und der Fahrer hatte erst zugestimmt, als er ihm ein saftiges Trinkgeld zusteckte. »Bist du sicher?«

»Er ist nicht für mich«, merkte sie an.

Er tröstete sich mit der Tatsache, dass es auch nur vorübergehend war. Er brauchte heute einen fahrbaren Untersatz, und ein Autohaus mit etwas

Neuem würde Papierkram und Zeit erfordern, die er nicht verschwenden wollte.

Eine elektronische Überweisung, eine Unterschrift und ein vorläufiges Kennzeichen kosteten fast eine Stunde. Zeit genug für Brock, ein paar Beziehungen spielen zu lassen und ihm die Versicherung zu besorgen, aber nur, wenn Gunner eine Sache tat.

»Lächeln«, sagte Gunner und hielt sein Handy hoch.

Kylie runzelte die Stirn. »Warum?«

»Weil mein Arschloch von Freund einen Beweis haben will, dass du nicht imaginär bist.«

»Warum sollte ich imaginär sein?«

»Weil ich anscheinend ein störrischer Idiot bin.«

Sie blinzelte. »Nein, das bist du nicht.«

Er zuckte mit den Schultern. »Nur weil ich dich mag.«

Als sie errötete und ihr Gesicht weicher wurde, machte er das Foto. Ein Foto, das er speichern würde, weil es die Kylie war, an die er sich erinnerte.

Es war schon später Nachmittag, als sie sich auf den Weg machten. Im Radio liefen Weihnachtslieder und Kylie sang mit, während er so tat, als würde er grummeln.

Sie fuhren zu einem großen Einkaufszentrum und kauften ein. Obwohl sie bezüglich des Fahrzeugkaufs anfangs skeptisch gewesen war, lud sie den Wagen ordentlich voll, nicht nur mit ein paar

Last-Minute-Geschenken für Annabelle, sondern auch mit Tüten voller Lebensmittel. Sie erklärte: »Ich kaufe normalerweise nur, was ich tragen kann.«

Als hätte er sie irgendetwas tragen lassen. Er belud den Pick-up und würde ihn am Haus ausladen, sobald sie dort ankamen. Zuerst bestand er auf Abendessen.

»Ich habe Hunger. Was willst du essen?« Er deutete auf die Restaurants in der Umgebung.

»Ich kann uns etwas kochen, wenn wir zu Hause sind«, bot sie an.

»Es ist fast zwanzig Uhr. Bis wir zu Hause sind und kochen, ist es schon Schlafenszeit.«

»Hol du dir etwas. Ich komme schon zurecht.« Er hörte die Lüge und ahnte schon, dass es darum ging, dass sie kein Geld für Fertiggerichte verschwenden wollte. Er wusste es, weil sie als Teenager dasselbe getan hatte. Da sie sich nicht darauf hatte verlassen können, dass ihre Mutter Lebensmittel, Kleidung oder auch nur Schulsachen kaufte, musste Kylie mit ihrem Job nach der Schule dafür aufkommen und gleichzeitig für das College sparen.

Sie hatte sich oft geweigert, Essen zu bestellen, wenn sie ausgingen, mit der Behauptung, sie habe keinen Hunger. Wegen ihres Stolzes drängte er sie nie. Er war viel subtiler als das. Er tat jetzt, was er damals getan hatte, und bestellte zu viel Essen. In diesem Fall ein großes Sandwich und eine riesige Portion Pommes, zusammen mit einer übergroßen Cola.

Er brachte die Speisen zurück zum Wagen und konnte praktisch sehen, wie ihr das Wasser im Mund zusammenlief. Er stellte alles auf die Konsole zwischen ihnen und sagte beiläufig: »Ich hatte nicht erwartet, dass die Portionen so riesig sein würden. Nimm dir was.«

»Es ist dein Abendessen.«

»Ich werde nicht alles aufessen können. Sag mir nicht, dass es dir lieber wäre, wenn es weggeworfen wird.«

Sie starrte ihn an, bevor sie ihm vorwarf: »Das hast du mit Absicht gemacht.«

Er log nicht. »Das habe ich.«

»Du musst mich für so erbärmlich halten. Ich kann mir nicht einmal etwas von einem Fast-Food-Laden kaufen.«

»Weil du klug bist und dein hart verdientes Geld für Lebensmittel und Geschenke für dein Kind ausgegeben hast. Wie schrecklich.« Er bot ihr eine Pommes an.

Sie knabberte daran. »Ich habe ein bisschen Geld auf der Bank, aber ich möchte es für Notfälle behalten.«

»Clever. Und bevor du dir Sorgen machst, diese Mahlzeit wird nicht mein finanzieller Ruin sein.«

»Das sagst du, aber ich muss mich wundern. Ich

meine, du hast Werkzeug und Material für das Haus sowie diesen Wagen gekauft.«

»Und ich habe noch viel übrig. Ich habe nach dem Tod meiner Familie eine beträchtliche Erbschaft erhalten und hatte nicht viel, wofür ich es ausgeben konnte.«

»Wo warst du, seit du das Militär verlassen hast?« Eine beiläufige Frage, aber er nahm sie als ein gutes Zeichen. Endlich zeigte sie sich neugierig in Bezug auf seine Vergangenheit.

»Überall. Ich habe versucht, einen klaren Kopf zu bekommen.«

»Was ist mit dir passiert?«, fragte sie. »In deinen Briefen und bei deinen Besuchen hast du nie irgendwelche Probleme erwähnt.«

»Ich hatte auch keine, bis zu meinem letzten Einsatz, als ich gefangen genommen wurde. Es war keine gute Zeit.« Er zog die Mundwinkel nach unten. »Ich war völlig verkorkst, als ich endlich in die Zivilisation zurückkehrte. Selbst meine Armeekameraden, die das Gleiche durchgemacht hatten, wollten nicht in meiner Nähe sein.«

»Hat das Militär dir keine Beratung angeboten?«

Er schnaubte. »Doch, aber ich war zu wütend, um mit einem Therapeuten zu reden. Ich war überzeugt, dass mir niemand helfen kann.«

»Sie haben dir wehgetan.« Es war eine Aussage, keine Frage.

»Ja. Aber nicht dort, wo man es sehen kann. Das

meiste war hier oben.« Er tippte sich an die Schläfe. »Ich kam als veränderter Mann zurück.« Genauer gesagt kam er als Wolf zurück. Aber das konnte er ihr nicht gerade mitteilen.

»Und jetzt?«, fragte sie. »Was hat dich dazu bewogen, nach all der Zeit zurückzukehren?«

»Ich habe solange gebraucht, um zu erkennen, dass ich mich für etwas bestraft habe, das ich nicht ändern kann. Dass mir das Weglaufen vor meiner Vergangenheit mehr geschadet hat, als mir bewusst war. Aber ich glaube, die wichtigste Erkenntnis war, dass ich glücklich sein darf. Dass ich ein Leben haben darf. Dass ich es immer noch wert bin, jemandem wichtig zu sein.«

»Oh, Gus, wie konntest du jemals etwas anderes denken?« Sie griff nach ihm. Ihre Hand über seiner, eine kleine Geste. Und doch bedeutete sie alles.

»Ich weiß, dass ich es vermasselt habe. Und nichts, was ich sage oder tue, kann das jemals wiedergutmachen, aber ich will es versuchen.«

Sie bewegte ihre Hand nicht, aber sie neigte den Kopf. »Ich weiß aber nicht, ob ich es will. Du hast mir das Herz gebrochen.«

Er könnte behaupten, es nie gewollt und gedacht zu haben, er tue das Richtige für sie, aber das wäre eine Ausrede. Sie hatte jedes Recht, so zu empfinden. »Ich weiß, was ich getan habe, war falsch. Ich hoffe, du kannst mir eines Tages verzeihen.«

Sie zog ihre Hand zurück und legte sie in den Schoß. »Wir sollten nach Hause fahren.«

Diesmal fuhren sie, ohne zu singen. Aber es war kein unangenehmes Schweigen, eher ein nachdenkliches. Etwas zwischen ihnen hatte sich mit ihrem Gespräch verändert. Zum Besseren? Er konnte es noch nicht sagen, aber zumindest hörte sie ihm zu. Und obwohl er den wahren Grund für seine Probleme nicht preisgeben konnte, war er ihm so nahe gekommen, wie er es wagte.

Als sie in ihre Einfahrt bogen, leuchteten die von ihm aufgehängten Lichter, da die Zeitschaltuhr bei Einbruch der Dunkelheit ausgelöst hatte. Zu seiner Überraschung murmelte Kylie leise: »Danke, dass du die Lichter angebracht hast. Howard sagte, das sei Zeit- und Stromverschwendung. Ich hatte vergessen, wie gern ich sie sehe.«

Ganz zu schweigen von der Tatsache, dass ihre Nachbarn rundherum welche hatten. Er hatte ihr eine Freude gemacht.

»Nächstes Jahr werden sie noch besser sein.« Es rutschte ihm heraus, die Annahme, dass er in der Nähe sein würde.

Er wartete darauf, dass sie etwas erwiderte. Stattdessen schenkte sie ihm ein süßes Lächeln. »Ich kann es kaum erwarten.«

Sie sprang aus dem Wagen, und er brauchte eine Sekunde, um zu begreifen, dass sie ihn nicht zurückgewiesen hatte.

Verdammt noch mal, es würde ein großartiges Weihnachten werden. Er belud sich mit Einkaufstüten, während Kylie die Tür zum Haus aufschloss. Sie erstarrte im Eingang, und er wollte sie gerade fragen, ob alles in Ordnung sei, als sie sagte: »Jemand ist eingebrochen.«

KAPITEL NEUN

Kylie sah den Schaden in dem Moment, in dem sie das Haus betrat. Die Wand im Flur war mit fetten roten Strichen beschmiert.

Hure.

Während sie geschockt dastand, fluchte Gunner. »Dieser verdammte Mistkerl. Ich werde ihn umbringen.«

»Wir wissen nicht, ob es Howard war«, murmelte sie leise, obwohl es nur einen Schuldigen geben konnte. Es schien jedoch so untypisch zu sein.

Noch bevor sie die Gelegenheit hatte, sich darüber Gedanken zu machen und wütend zu werden, klingelte ihr Telefon mit der Nummer des Teufels.

Sie sagte scharf: »Was willst du? Rufst du an, um zu fragen, ob ich deine Nachricht erhalten habe?«

»Mommy?« Auf Annabelles zögerliche Frage hin

schloss sie die Augen und lehnte sich an die Wand, die nicht von der grellroten Farbe verunstaltet war.

»Tut mir leid, Squishy. Ich dachte, du seist jemand anderes.«

»Geht es dir gut?«, fragte ihre Tochter.

»Ja. Gut. Bestens. Wie geht es dir?« Sie heuchelte Interesse, obwohl ihr Blick immer wieder zur Nachricht schweifte.

»Mir geht's gut, aber ich bin müde. Daddy hat mich gerade von der Party nach Hause gebracht.«

»Oh, wie war sie?«

»Gut. Ich habe getanzt. Und gegessen. Sie hatten eine Zuckerwattemaschine! So gut«, schwärmte Annabelle. »Daddy hat einen Haufen Fotos gemacht und gesagt, dass er sie dir schicken wird.«

»Daddy war also den ganzen Abend bei dir?«, fragte sie beiläufig.

»Na klar, wo sollte er sonst sein?« Annabelle kicherte.

Kylie presste die Lippen aufeinander. Er musste jemanden dafür bezahlt haben, seine unhöfliche Nachricht zu hinterlassen und dafür zu sorgen, dass er ein Alibi hatte.

»Ich kann es kaum erwarten, dich morgen früh zu sehen«, sagte sie ein wenig zu fröhlich, als Gunner die restlichen Einkäufe hereinbrachte.

»Ich auch. Oma hat mir ein paar Weihnachtskugeln für den Baum geschenkt.«

»Das war nett von ihr.« Wenigstens liebten

Howards Eltern ihre Enkelin, auch wenn sie Kylie nicht guthießen.

»Wird Gunner auch da sein?«

»Soweit ich weiß. Ist das noch in Ordnung?«

»Ja. Ich habe im Unterricht einen Keks für ihn dekoriert.«

»Ich bin sicher, er wird sich freuen.«

Eine undeutliche Männerstimme im Hintergrund ließ Annabelle schnauben: »Daddy sagt, es ist Schlafenszeit. Hab dich lieb, Mommy. Wir sehen uns morgen.«

»Ich kann es kaum erwarten, dich zu drücken«, antwortete sie.

Als sie auflegte, blieb Gunner vor ihr stehen. »Geht es dir gut?«

»Nein.« Sie stieß sich von der Wand ab. »Dies ist selbst für seine Verhältnisse unter der Gürtellinie.« Sie stellte sich vor die Wand mit der hässlichen Tapete und der noch hässlicheren Botschaft. »Ich kann nicht zulassen, dass Annabelle das sieht.«

»Räum die Einkäufe weg. Ich mache das schon.«

Sie wollte widersprechen, aber sie hatte nicht die Kraft dazu. Während sie die Lebensmittel in die Schränke stellte, hörte sie, wie er ein paarmal ein- und ausging. Als sie fertig war und in den Flur zurückkehrte, hatte er bereits damit begonnen, die Tapete abzulösen, indem er sie besprühte und dann mit einem Schaber abkratzte.

Sie sah weder ein zweites Werkzeug, um ihm zu

helfen, noch gab es wirklich Platz für zwei, um die Wand zu bearbeiten, also ging sie nach oben. Der Eimer mit Reinigungsmitteln im Flurschrank enthielt alles, was sie brauchte. Sie ging in das alte Schlafzimmer ihrer Mutter und besprühte zunächst die Matratze mit Lufterfrischer. Dann wischte sie das Kopfteil, den Nachttisch und die Kommode ab.

Die Wände waren mit ihrer Nikotinschicht, die immer noch leicht stank, einer Berührung nicht würdig. Sie besprühte sie ebenfalls, um einen Teil des Geruchs zu neutralisieren. Das Staubsaugen des Parkettbodens, gefolgt von einer Runde mit dem Wischmopp, trug zur Verbesserung der Situation bei. Die Bettwäsche im Flurschrank war gewaschen, sogar die, die für das alte Bett ihrer Mutter passte, weil sie den Rauchgeruch beim Einzug so weit wie möglich hatte loswerden wollen. Sie hätte beinahe gewürgt, als sie den schrecklichen braunen Teppich im Erdgeschoss herausgerissen und den abgenutzten, aber erstaunlich intakten Holzboden zum Vorschein gebracht hatte.

Sie machte das Bett und legte eine alte Steppdecke darauf, die nach draußen roch, da sie sie auf der Wäscheleine im Garten getrocknet hatte. Als sie fertig war, trat sie zurück und betrachtete den Raum. Im Vergleich zu ihrem Schlafzimmer war es wirklich groß und hatte einen riesigen Kleiderschrank, jetzt, da sie ihn ausgeräumt hatte.

Die Möbel waren alt, aber aus Massivholz. Das

dunkle Mahagoni gefiel ihr zwar nicht, aber sie fragte sich, wie es wohl aussehen würde, wenn sie es in einer helleren Farbe beizte. Die Wände von der verblassten rosafarbenen Tapete befreien, ein paar Anstriche, und es würde gar nicht so schlimm aussehen. Dann könnte sie ihr altes Schlafzimmer für Annabelle umgestalten und sie die Farben und alles andere aussuchen lassen. Ein Neuanfang für sie beide.

Sie gab Gunner die Schuld dafür, dass sie ihr altes Zuhause in einem neuen Licht sah. Apropos, als sie wieder zu ihm in den Flur kam, sah sie, dass er nicht nur die Wand mit der Botschaft, sondern auch die gegenüberliegende Seite von der Tapete befreit hatte. Die Bilder, die dort gehangen hatten, lagen fein säuberlich gestapelt auf dem Küchentisch.

»Wow, du warst ja fleißig«, rief sie aus.

»Diese Tapete loszuwerden stand auf meiner Liste der zu erledigenden Dinge. Ich dachte, es würde komisch aussehen, wenn ich nur die eine Seite mache. Und keine Sorge, es wird nicht lange beschissen aussehen. Ich bringe dir morgen Farbmuster mit, damit du mir sagen kannst, welche Farbe du willst.«

»Danke.« Sie zog keine falsche *Du-hättest-das-nicht-tun-müssen*-Nummer ab.

»Geht es dir gut?«

»Überraschenderweise ja.« Die Nachricht hatte

sie zuerst beunruhigt, aber es waren nur Worte, und nicht einmal wahre. Sie war in ihrem ganzen Leben mit genau zwei Männern zusammen gewesen. Selbst wenn sie an dem Tag, an dem er auftauchte, mit Gunner geschlafen hätte, wäre sie trotzdem keine Hure gewesen.

»Komm, ich habe etwas für dich.« Sie neigte den Kopf und ging zurück in den ersten Stock, wobei sie sich fragte, ob er ihren Hintern beobachtete, als sie die Treppe hinaufging. Das hatte er früher immer getan.

Ein kurzer Blick über die Schulter bestätigte ihr, dass sich das nicht geändert hatte.

Mit einem zufriedenen Lächeln drehte sie sich schnell nach vorn. War es töricht, seine Bewunderung zu genießen? Wahrscheinlich, aber das hinderte sie nicht daran, es zu tun.

Sie führte ihn in das Schlafzimmer, das sie für ihn hergerichtet hatte. »Du musst nicht mehr auf der Couch schlafen.« Sie machte eine Bewegung mit der Hand. »Saubere Bettwäsche. Aber ich kann nicht den Komfort der Matratze garantieren.«

»Ich kann dieses Zimmer nicht nehmen.«

»Warum nicht? Ist es der Geruch? Ich habe versucht, die Möbel abzuwischen und alles zu besprühen, um es besser zu machen.«

»Was? Nein. Das Zimmer ist großartig. Besser als das, und deshalb solltest du hier schlafen. Schließlich ist es das große Schlafzimmer.«

»Aber ich habe das für dich gemacht.«

»Und genau deshalb solltest du es genießen«, beharrte er.

Sie starrte ihn angesichts seiner übermäßigen Höflichkeit an. Er war genau so, wie sie ihn in Erinnerung hatte. Freundlich. Großzügig. Immer setzte er sie an erster Stelle.

»Du machst es mir so schwer, mich daran zu erinnern, warum ich sauer auf dich bin«, beschwerte sie sich.

»Tut mir leid?«, bot er mit zuckenden Mundwinkeln an.

»Das sollte es auch.« Sie trat näher heran und stieß ihn in die Brust. »Ich will mich nicht wieder in dich verlieben, Gunner Hendry.«

»Ich habe nie aufgehört, dich zu lieben, Lily.«

Als sie ihm in die Augen sah, erkannte sie, dass er die Wahrheit sprach, und sie hasste die Tatsache, dass sie, wenn sie ehrlich war, hauptsächlich immer noch deshalb wütend war, weil sie auch nie aufgehört hatte, ihn zu lieben.

Sie hatte nie aufgehört, sich nach seiner Berührung zu sehnen.

Ein Jahrzehnt lang hatte sie versucht zu vergessen, was sie bei ihm fühlte. Hatte versucht, so zu tun, als sei es nichts Besonderes, mit ihm zusammen zu sein.

Jetzt, da er vor ihr stand, älter, mit einem kräftigeren, aber immer noch schlanken und starken

Körper, konnte sie ihre Anziehung zu ihm nicht leugnen.

Verlangen sammelte sich tief in ihrem Unterleib. Eine Hitze, die sie seit dem letzten Mal, als sie zusammen gewesen waren, nicht mehr gespürt hatte. Vielleicht hatte sie es in ihrem Kopf ausgeschmückt. Vielleicht war es nicht so gut, wie sie es in Erinnerung hatte.

Es gab nur einen Weg, das herauszufinden.

Er fing sie auf, als sie sich ihm an den Hals warf. Seine Lippen trafen auf die ihren, ohne jegliche Unbeholfenheit. Leidenschaft entflammte zwischen ihnen, vertraut und nicht vertraut, aufregend und erschreckend. Sie war nicht mehr das junge, attraktive Mädchen, das er einst gekannt hatte. Sie hatte Dehnungsstreifen von der Schwangerschaft. Ein paar Pfunde mehr.

Es schien ihm nichts auszumachen, denn er umfasste ihren Hintern und hob sie hoch, um sie an sich zu drücken.

Sie öffnete die Lippen für die Berührung seiner Zunge, eine Liebkosung, die all ihre Sinne anregte. Sie saugte an seiner Unterlippe und er vergrub die Finger an ihr, während er sie festhielt. Ihre Zungen berührten einander, heiß und verlockend, und fachten die Hitze in ihr an.

Das Gefühl seines Körpers an ihrem veranlasste sie dazu, sich an ihm zu reiben, während sie mit den Händen die Flächen seines Körpers erkundete, der ganz aus harten Muskeln bestand. Sie wollte ihn berühren. Sie zerrte an seinem Hemd, und er half ihr, es auszuziehen, woraufhin sein Oberkörper zum Vorschein kam, mit definierten Muskeln, die sie mit den Fingernägeln nachzeichnete.

Ihr Oberteil flog als Nächstes durch die Luft, und als sie nach dem Verschluss ihres BHs griff, murmelte er: »Bist du sicher?«

»Ist das eine schlechte Idee?«, fragte sie und hielt inne. »Wahrscheinlich. Aber es ist mir egal.« Es war ihr wirklich egal. Nur für eine Nacht wollte sie sich schön und geliebt fühlen.

Würde sie es am nächsten Morgen bereuen?

Vielleicht.

Würde sie eine Wiederholung wollen? Das hing davon ab, wie die Nacht verlief.

Der BH landete auf dem Boden, und als Gunner auf ihre entblößten Brüste starrte, machte sie sich einen Moment lang Sorgen. Was würde er denken? Sie hatte nicht mehr die kecken Brüste der Jugend, sondern die vollen, reifen Brüste einer Frau, die ein Kind gestillt und ein paar Pfunde zugenommen hatte.

»Verflucht, Lily. Du bist so verdammt heiß.«

Mit dieser ehrfürchtigen Aussage schnellte ihr Selbstvertrauen in die Höhe. Sie ließ die Hände zur Schnalle seiner Jeans wandern, und obwohl es etwas unbeholfen war, zogen sie sich gegenseitig die Hose aus.

Sobald sie nackt waren, legte sie die Hände auf seine Brust und schob ihn rückwärts zum Bett, wo sie ihn schubste. Er setzte sich hin und zog sie für einen weiteren Kuss auf seinen Schoß. Ihr nackter Hintern wackelte, und er knurrte.

»Wenn du so weitermachst, wird es noch schneller gehen als bei unserem ersten Mal.«

Sie kicherte. Er war so scharf auf sie gewesen, dass er vor dem eigentlichen Ereignis gekommen war. »Wenn ich mich recht erinnere, hast du dich ziemlich schnell erholt.«

»Nur, weil du die heißeste Frau der Welt bist.«

»Ach wirklich? Beweise es.« Sie glitt von seinem Schoß zum Bett, legte sich hin und lockte ihn mit gekrümmtem Finger.

Er brauchte keine Einladung, um ihren Körper mit dem seinen zu bedecken. Sie spreizte die Oberschenkel, sodass er sich zwischen sie legen konnte, wobei das grobe Haar an seinen Beinen eine reizvolle Reibung auf ihrer Haut erzeugte.

Er beugte sich zu ihr hinunter, um sie zu küssen, wobei er die steife Länge seiner Erektion zwischen ihren Körpern einklemmte. Eigentlich reizte er sie damit nur, denn sie wollte ihn woanders haben.

»Ich will dich«, flüsterte sie. Worte, die sie noch nie zu einem anderen gesagt hatte. Nur er hatte die Macht, sie so zu erregen, dass sie sich Erleichterung wünschte.

»Ich habe so lange von diesem Moment

geträumt«, sagte er, die Worte federleicht auf ihren Lippen.

»Worauf wartest du dann noch?« Sie wackelte unter ihm.

Er stöhnte. »Ich will nichts überstürzen. Ich möchte diesen Moment genießen.«

»Das will ich auch.« Sie fuhr mit den Fingernägeln über seinen Rücken, bevor sie sie in seinen prallen Hintern grub. Seine Hüften zuckten und er schnappte nach Luft.

»Noch nicht.« Er richtete sich mit einem Arm auf, den anderen nutzte er zu seinem Vorteil. Mit den Fingern bahnte er sich einen Weg von ihrem weichen Bauch zu der runden Wölbung ihrer Brust. Er umfasste sie und drückte zu, was ihr ein Stöhnen entlockte. Er zwickte ihre Brustwarze mit den schwieligen Fingerspitzen, rollte sie, kniff hinein, und sie keuchte angesichts des Kribbelns, das sich bis zu ihrem Schritt ausbreitete.

Er senkte den Kopf und nahm ihre Brustwarze in den Mund. Er saugte sie tief ein, wirbelte mit seiner Zunge herum und reizte sie, bis sie den Rücken krümmte und aufschrie. Er saugte weiter und streifte die Spitze mit den Zähnen. Es war ein unglaubliches Gefühl.

Er schenkte ihrer anderen Brust dieselbe Aufmerksamkeit, spielte mit der Brustwarze, bis sie hart war, und neckte sie dann mit dem Mund und den Zähnen, bis sie praktisch wimmerte, die Hüften hob und um mehr bettelte.

Sie musste nichts sagen. Er hatte immer gewusst, was sie wollte. Er hatte immer gewusst, was sie brauchte.

Er ließ den Mund von ihrer Brust hinunter zu ihrem Bauch gleiten und hielt nur einen Moment inne, um ihren Schamhügel zu liebkosen. Unrasiert, weil sie nicht damit gerechnet hatte.

Und es schien ihn nicht zu kümmern. Er machte keine Bemerkung, sondern wanderte weiter zu ihren Oberschenkeln, die er mit dem Kopf auseinanderdrückte.

Er seufzte. »Verdammt, ich habe deinen Geschmack vermisst.« Er drückte sanfte Küsse auf die Innenseiten ihrer Schenkel.

Sie zitterte.

Er drückte einen Kuss auf ihr Innerstes, und sie zuckte so heftig, dass es ein Wunder war, dass sie ihn nicht bewusstlos schlug.

Er lachte, eine Vibration, die ihre Schamlippen stimulierte, als er zu einem weiteren Kuss und Lecken ansetzte. Sie seufzte, während sie sich mit den Fingern in die Bettdecke krallte, die Beine ausgebreitet, als er sie erforschte.

Er ließ sich Zeit, sie zu kosten, und spreizte ihre Schamlippen, um sie zu lecken. Er streichelte sie und brummte, während er sie neckte. Er schnippte mit der Zunge gegen ihre Klitoris und sie zitterte. Er übte mehr Druck aus und erreichte all ihre empfindlichen Stellen mit den Lippen, während er mit den Fingern ihren Eingang reizte.

Sie versuchte, nicht mit den Hüften zu stoßen, auch wenn sie sich an seinem Gesicht reiben wollte. Er neckte ihre Klitoris weiter, während er mit den Fingern in sie eindrang. Er glitt hinein und hinaus und fügte einen zweiten Finger hinzu, während er leckte.

Als sie kam, war es laut. Sie schrie ihre Lust heraus und schnappte nach Luft. Es fühlte sich so gut an. So richtig.

Und er leckte weiter. Er reizte sie weiter, verwandelte ihren Orgasmus in etwas Angespanntes und Sehnsüchtiges.

»Fick mich«, keuchte sie, und die Worte entglitten ihr, als ihr Verlangen immer stärker wurde.

»Alles für dich.« Noch während er sprach, korrigierte er seine Position und glitt in sie hinein. Sein Schwanz war dick. Lang. Und an der Spitze perfekt gebogen.

Sie zog ihn für einen Kuss zu sich herunter, ohne sich darum zu kümmern, dass sie sich selbst auf seinen Lippen schmeckte. Sie wollte die Intimität, während er in sie stieß. Ihre Muschi krampfte sich um ihn herum zusammen in dem Versuch, ihn festzuhalten, als er sich zurückzog.

Dann glitt er wieder hinein.

Raus.

Rein.

Sie fanden einen Rhythmus, der ihre Körper in Harmonie schaukeln ließ. Sie grub die Finger in die Muskeln seines Rückens und drängte ihn, tiefer zu gehen.

Härter.

Er gehorchte und hämmerte förmlich in sie hinein, traf immer wieder diesen perfekten Punkt, bis sie vor Freude kaum noch atmen konnte. Ihr zweiter Orgasmus kam, und sie hatte keine Luft mehr, um zu schreien.

Er stöhnte. Und kam.

Der heiße Strahl weitete ihre Augen, aber der Schock reichte nicht aus, um ihre Lust zu bremsen.

Ein Vergnügen, von dem sie gedacht hatte, sie hätte es sich besser vorgestellt, als es tatsächlich war.

Es stellte sich heraus, dass sie sich selbst belogen hatte. Es war gewaltiger, als sie es in Erinnerung hatte.

Er brach schwer atmend auf ihr zusammen.

»Bist du okay?«, fragte sie, als er nicht sprach.

»Scheiße ja, das bin ich«, murmelte er lachend. »Du?«

»Das ist wahrscheinlich ein schlechter Zeitpunkt, um zu erwähnen, dass ich nicht die Pille nehme.«

Er versteifte sich. Nicht auf eine erregte Art und

Weise. Dann seufzte er. »Du musst dir keine Sorgen machen, schwanger zu werden. Ich bin unfruchtbar.«

Das Geständnis schockierte sie. »Was? Wie?«

»Ich habe dir doch gesagt, dass ich verkorkst zurückgekommen bin. Das war ein weiterer Grund, warum ich dachte, du seist ohne mich besser dran. Ich wusste, dass du Kinder wolltest.«

»Oh, Gus.« Sie war so wütend auf ihn gewesen und hatte nicht einmal daran gedacht, sich zu fragen, was mit ihm passiert war. Sie umfasste sein Gesicht und hob es zu einem Kuss an.

Eine süße und zärtliche Umarmung, die sie mit den Worten »Schade, dass wir nicht jung genug für eine zweite Runde sind« auflockerte.

»Sagt wer?«

Er zeigte ihr ein zweites Mal, wie sehr er ihren Körper liebte. Es schien nur natürlich, dass sie danach an ihn geschmiegt blieb.

Was ein tränenreicher Abend hätte werden können, verwandelte sich in einen der reinen Freude.

Kylie schlief in seinen Armen ein, lächelnd und zufrieden. Dies entwickelte sich zu einem großartigen Weihnachtsfest.

KAPITEL ZEHN

Gunner wünschte sich nichts sehnlicher, als die Nacht in Kylies Armen zu verbringen, aber zuerst musste er sicherstellen, dass sie beim Nachhausekommen nie wieder von einer schmutzigen Nachricht begrüßt wurde. Es hatte ihn all seine Selbstbeherrschung gekostet, nicht durchzudrehen, als er die Wand sah.

Kylie als Hure zu bezeichnen? Davon war sie weit entfernt. Aber er hatte den Schock und den Schmerz in ihren Augen gesehen. Etwas, das sie niemals hätte ertragen sollen, und das alles nur wegen eines Arschlochs, das nicht damit umgehen konnte, seine Ehe versaut zu haben.

Der Motor des Pick-ups war etwas lauter, als ihm lieb war, und er konnte nur hoffen, dass Kylie nicht aufwachte, sonst würde er sich einen Grund ausdenken müssen, warum er sich mitten in der

Nacht aus dem Staub gemacht hatte. Vielleicht könnte er etwas als Entschuldigung für seine Abwesenheit kaufen. Hatte um diese Zeit noch ein Laden mit Blumen oder Eiscreme geöffnet?

Das würde er herausfinden, nachdem er Howard Keeler einen Besuch abgestattet hatte. Während seine Eltern in einem riesigen Haus im Ranch-Stil neben dem Weingut lebten, wohnte Howard ein paar Kilometer entfernt in einem restaurierten Herrenhaus mit weißen Säulen an der Vorderseite, einer breiten Veranda, die sich rundherum erstreckte, und vielen Fenstern, die alle dunkel waren.

Ein Mann wie er verfügte wahrscheinlich über Sicherheitsmaßnahmen, weshalb Gunner die Straße rauf parkte und zu Fuß zurückkehrte, woraufhin er den schmiedeeisernen Zaun übersprang, der eher dekorativ als präventiv war. Die Bäume und Büsche gaben ihm Deckung, als er auf das Haus zuging.

Als er sich näherte, hielt er inne, um zu überlegen, wie er hineingelangen würde. Die Haupttüren würden abgeschlossen sein. Die Fenster im Erdgeschoss? Hatten höchstwahrscheinlich Kontaktalarme, was bedeutete, dass das Öffnen oder Zerbrechen einen Alarm auslösen würde. Im ersten Stock fiel ihm ein runder Balkon mit Fenstertüren auf, aber noch interessanter war, dass das Fenster links davon offen war.

Bevor er hinaufkletterte, prüfte er, ob das Licht einen Bewegungsmelder hatte. Er nahm einen Stein neben dem Busch, hinter dem er sich versteckt hatte, und warf ihn entlang des Weges, den er nehmen wollte. Nichts löste aus, aber er blieb vorsichtig und kroch über den Rasen zur Veranda. Von hier aus konnte er den Scheinwerfer sehen, der darauf ausgerichtet war, Menschen, aber keine Tiere, auf dem Boden zu erfassen. Oder Männer, die sich flach fortbewegten. Als er die Mauer erreicht hatte, stellte er sich hin und umarmte sie förmlich, da die steinerne Oberfläche nicht viel Halt bot. Gut, dass er während seiner Zeit in Europa das Felsenklettern gelernt hatte. Mit großer Vorsicht bahnte er sich seinen Weg zum Balkon, wo er es zum Spaß an der Doppeltür versuchte. Ehrlich gesagt hatte er erwartet, dass sie verschlossen wäre. Sie schwang auf, und doch hielt er inne, um zu sehen, ob es einen Alarm auslöste.

Nein. Töricht, wenn man den direkten Zugang zum großen Schlafzimmer bedachte. Das musste es sein, angesichts der immensen Größe, des protzigen Bettes und des Teppichs, der so dick war, dass der im Bett schnarchende Mann Gunners Näherkommen nicht hörte.

Er stand über Keeler und verzog das Gesicht über das Geräusch, das aus seinem Gesicht kam. Allein dafür hätte Kylie sich von ihm scheiden lassen sollen. Keeler schlief allein, die andere Seite des

Bettes war noch gemacht. Hatte Kylies Kopf einst dort auf dem Kissen geruht?

Verärgert blähte er die Nasenflügel auf. Wenn sie mit diesem Mann geschlafen hatte, dann nur, weil Gunner sie hatte gehen lassen. Und jetzt würde Keeler dasselbe tun.

Sonst ...

Gunner zog ein Springmesser aus der Tasche und öffnete es, bevor er es Keeler an die Kehle drückte, um ihn zu wecken.

Der Mann schnarchte weiter, also hielt Gunner ihm die Nase und den Mund zu, bis der Körper reagierte.

Gunner nahm seine Hand weg.

Mit großen Augen begegnete er seinem Blick, zuerst von Angst erfüllt, dann wurden sie schmal vor Wut. »Was zum Teufel denkst du, tust du da?«, knurrte Keeler.

»Ich denke, es ist an der Zeit, dass wir uns unterhalten.«

»Du Stück Scheiße. Wenn du glaubst, dass ich dir Geld gebe ...«

Bei dieser irrtümlichen Anschuldigung schüttelte Gunner den Kopf. »Hier geht es nicht um Erpressung, sondern darum, was du Kylie angetan hast.«

»Ich hätte wissen müssen, dass sie dich dazu angestiftet hat«, rief der Mann aus. »Sie wird dafür bezahlen, und du auch. Mal sehen, wie es ihr gefällt, das Sorgerecht komplett zu verlieren.«

»Wow, du bist ein verdammt dummes Arschloch.« Gunner drückte das Messer so fest gegen seinen Hals, dass ein Blutstropfen auf Keelers Haut erschien. »Kylie hat keine Ahnung, dass ich hier bin. Ich bin mir sogar ziemlich sicher, dass sie stinksauer wäre, wenn sie es wüsste.«

»Dann sollte ich es ihr vielleicht sagen«, fauchte Keeler.

»Scheiße, bist du dumm. Was hat Kylie je in dir gesehen?«

»Einen Mann, der ihr geben konnte, was du nicht konntest.«

Der verbale Schlag tat vor allem deshalb weh, weil Keeler in mancher Hinsicht recht hatte. Gunner konnte Kylie kein Leben in Wohlstand und Reichtum bieten, nicht einmal ein Kind. Aber was er ihr bieten konnte? Seine Liebe und seinen Schutz.

»Du solltest wirklich vorsichtig sein, was du zu mir sagst. Ich könnte dich hier und jetzt umbringen und Kylie den Ärger ersparen, sich mit dir herumzuschlagen.«

»Das würdest du nicht wagen.«

»Kumpel, ich würde alles für Kylie tun.«

»Sogar in den Knast gehen?«, erwiderte Keeler.

»Brauchst du Hilfe bei der Definition des Wortes *alles*? Zum Glück wird das nicht passieren. Du scheinst bequemerweise vergessen zu haben, was ich früher einmal war. Oder dachtest du, ich hätte beim Militär nur gelernt, meine Stiefel zu putzen?«

Endlich sah Keeler besorgt aus. »Wenn du mich tötest, bist du der Erste, den sie verdächtigen.«

»Du gehst davon aus, dass jemand die Leiche finden würde. Ich kenne diese Stadt, Keeler. Ich weiß, wo man eine Leiche loswerden kann, ohne dass sie gefunden wird. Ich bin auch sehr gut im Inszenieren. Ich kann mir die Schlagzeilen schon vorstellen: Depressiver Geschäftsmann nimmt sich das Leben.«

»Das würde niemand glauben.«

»Wirklich nicht?«, spottete Gunner. »Es wäre nicht so schwer zu verkaufen. Ein paar nicht abgeschickte E-Mails und SMS an Kylie, in denen du ihr deine Liebe gestehst und sie bittest, wieder mit dir zusammenzukommen. Vielleicht ein Beitrag auf Reddit, in dem du schreibst, dass du nicht weißt, wie du weitermachen sollst. Oder bist du eher der Typ für Twitter?«

»Viel Glück damit. Mein Handy ist verschlüsselt, Arschloch.« Keeler blieb streitlustig.

»Schon wieder scheinst du mich für einen Anfänger zu halten. Ich habe Freunde, Keeler. Freunde, die dich bis morgen früh wegen Betrugs verhaften lassen könnten, wenn ich es wollte.«

»Nur zu, versuch es. Ich werde ihnen sagen, dass du es mir angehängt hast.«

Gunner grinste. »Das ist nicht nötig, wenn wir

beide wissen, dass du Dreck am Stecken hast, Keeler. Hast du wirklich geglaubt, ich würde mich nicht intensiv über das Arschloch informieren, das Kylie geheiratet und missbraucht hat?«

»Ich habe sie nie geschlagen.«

»Misshandlung ist nicht nur körperlich. Sie hat Angst vor dir. Was für ein Wichser droht einer Mutter, ihr das Kind wegzunehmen? Besonders einer guten.«

»Sie hat mich verlassen!«

»Weil du sie wie Scheiße behandelt hast. Du hattest eine Chance bei der perfektesten Frau der Welt, und du hast es versaut. Was beschissen für dich ist, aber großartig für mich.«

»Sie hasst dich.« Keeler klang nicht so sicher.

»Nicht mehr. Und selbst wenn sie es täte, würden wir dennoch dieses Gespräch führen, denn ich werde nicht zulassen, dass du sie belästigst.«

»Ich habe sie nicht –«

»Doch, das hast du. Du hast ihr Kind zu dir geholt, obwohl du nicht an der Reihe warst, hast sie direkt beleidigt und ihr diese böse Nachricht in ihrem Haus hinterlassen.«

»Wovon redest du?«

»Mach mir nichts vor.« Gunner zückte sein Handy und zeigte ihm ein Bild. »Willst du mir erzählen, du hättest das nicht geschrieben?«

Howard fiel die Kinnlade herunter. »Du denkst, ich sei das gewesen? Ich bin kein jugendlicher Punk.

Und außerdem, wann hätte ich es denn tun sollen? Ich war mit Annabelle auf der Firmenfeier, bis wir nach Hause kamen, und ich bin nicht weggegangen.«

»Blödsinn.«

»Du kannst jeden dort fragen. Ich war vielleicht höchstens mal fünf Minuten weg, um zu pinkeln.«

»Du warst also schlau genug, dir ein Alibi zu verschaffen, während jemand anderes deine Drecksarbeit erledigt hat. Wie viel hat dich das gekostet?«

»Bist du wahnsinnig? Ich heuere keine Schläger an, um Frauen zu belästigen.«

Gunner wollte ihn als Lügner bezeichnen, aber er wusste, dass der Scheißkerl die Wahrheit sagte. »Vielleicht war es jemand aus deiner Familie.«

»Beschuldigst du meine Eltern?« Keelers Tonfall war fassungslos. »Denn ich sage dir gleich, sie sind überglücklich, dass wir uns getrennt haben. Meine Familie wollte nie, dass wir heiraten. Sie haben mir geraten, Kylie zur Abtreibung zu überreden oder, falls sie sich weigern sollte, ihr Geld im Austausch für Annabelle anzubieten.«

»Kylie hätte niemals zugestimmt.«

»Ich weiß. Was glaubst du, warum ich sie geheiratet habe?«

»Warum hast du sie geheiratet, wenn du nur ein Idiot sein wolltest?«

»So hat es nicht angefangen«, grummelte Keeler. »Ich habe es versucht, aber ich war nie gut genug für sie, denn selbst nach dem, was du getan hast, hat sie sich nach dir gesehnt.«

»Kylie hat mich gehasst.«

»Das hat sie behauptet, und doch wusste ich, dass ich den Erinnerungen, die sie an dich hatte, nie gerecht werden konnte.«

»Weil ich ein Original bin und auch hierbleiben werde, also brauchen wir ein paar Grundregeln. Erstens, wenn du Kylie noch einmal beleidigst, wirst du es bereuen. Zweitens, du nimmst das Kind nicht mehr zu dir, es sei denn, du bist an der Reihe. Drittens, du schickst nicht mehr deine Schläger oder deine Familie oder wen auch immer, um gemeine Nachrichten zu hinterlassen. Habe ich mich klar ausgedrückt?«

»Sehr.« Eine knappe Antwort. »Aber ich schwöre beim Leben meiner Tochter, ich hatte nichts mit dem zu tun, was in Kylies Haus passiert ist.«

»Wenn nicht du, wer dann?«

»Vielleicht ist jemand anderes nicht glücklich darüber, dass du zurückgekommen bist.«

Diese Aussage ließ ihm das Blut in den Adern gefrieren. Könnte es sein, dass sie sich bei dem Erschaffer des Graffitis geirrt hatten? Er musste so schnell wie möglich zu Kylie zurückkehren.

»Eine letzte Sache noch, wenn du mit den Bullen redest oder mich sogar ins Gefängnis bringen lässt, wirst du trotzdem nicht sicher sein, weil meine

Freunde bereits von dir wissen. Und im Vergleich zu ihnen bin ich ein netter kleiner Junge.«

Das stimmte nicht ganz, aber bei Brock und Quinn wusste er, dass sie ihn rausholen würden, wenn er hinter Gittern landete.

»Und zu denken, dass Kylie dich mir vorgezogen hat«, erwiderte Keeler.

»Ich habe kein ›Ja, Sir‹ gehört.«

»Wie auch immer. Ich bringe Annabelle morgen früh zu ihrer Mutter zurück. Und ich werde kein Wort sagen, aber merke dir eins: Wenn du versuchst, meine Tochter zu entführen oder ihr in irgendeiner Weise zu schaden, dann sind mir die Konsequenzen scheißegal. Ich werde dich ausschalten.«

Gunner konnte den Kerl fast respektieren. Dann erinnerte er sich daran, dass er Kylie nackt gesehen hatte, und schlimmer noch? Sie berührt hatte.

Bevor er es sich anders überlegte und Howard die Kehle aufschlitzte, verließ er das Haus, wobei er sich schneller bewegte als bei seiner Ankunft, denn plötzlich meldete sich die Angst. Wenn Keeler die Nachricht nicht hinterlassen hatte, wer dann?

Sein Blut gefror, als es ihm in den Sinn kam. Könnte es Joella gewesen sein? Sie hätte sicher ein Hühnchen mit ihm zu rupfen, und was wäre besser geeignet, Gunner zu schaden, als sich gegen Kylie zu wenden?

Er raste mit dem Wagen zurück zum Haus und

fand es genauso dunkel vor, wie er es verlassen hatte. Als er eintrat, roch er nichts Ungewöhnliches, aber er nahm dennoch schnell die Treppe, aus plötzlicher Angst, sie könnte während seiner Abwesenheit angegriffen worden sein.

Zu seiner Erleichterung lag sie noch im Bett und er rutschte neben sie unter die Decke. Sie drehte sich im Schlaf und kuschelte sich an ihn, murmelte sogar seinen Namen, als sie sich beschwerte: »Warum ist es so kalt, Gus?«

»Tut mir leid, ich habe die Decke nach unten getreten. Schlaf weiter.«

»Okay«, murmelte sie, bevor sie wieder in den Schlummer glitt.

Aber er hatte nicht so viel Glück, da er plötzlich befürchtete, er könnte den Ärger zu ihr geführt haben.

KAPITEL ELF

Kylie wachte in Gunners Armen auf und wartete auf die Reue.

Sie kam nicht.

Was sie jedoch fühlte?

Erregung. Schon wieder. Sie zappelte herum, und siehe da, sie war nicht die Einzige, die erregt aufwachte. Gunner spielte mit ihr, bis sie feucht und atemlos war, bevor er von hinten in sie eindrang, wobei seine sanften Bewegungen sie immer noch zum Höhepunkt brachten und ihr einen Schrei entlockten.

Als das Zittern vorbei war, seufzte sie. »Ich muss aufstehen und duschen. Annabelle wird bald hier sein.«

»Und ich muss noch Malsachen besorgen.« Er küsste sie auf den Hals. »Also beeil dich.« Er zwickte sie mit den Zähnen und sie kicherte.

»Das werde ich, aber ich brauche vielleicht jemanden, der mir den Rücken wäscht«, erklärte sie frech.

»Wenn ich mit dir dusche, landen wir beide wieder in diesem Bett.«

Sie seufzte. »Gutes Argument.«

»Ich sage nicht, dass das etwas Schlechtes ist, aber ich weiß, dass du wahrscheinlich noch nicht bereit bist, dass dein Kind von uns erfährt.«

Uns?

So weit hatte sie gar nicht vorausgedacht. Sie war so sehr in die Wiederentdeckung ihrer Sexualität vertieft gewesen, dass sie vergessen hatte, dass sie nicht irgendein verliebter Teenager war, sondern eine Mutter, deren Ex mit ihrem Kind auftauchen würde, wahrscheinlich innerhalb der nächsten Stunde.

»Scheibenkleister. Ich muss mich in Bewegung setzen.« Sie sprang aus dem Bett und ging, anstatt nach ihren verstreuten Klamotten zu suchen, zur Tür, um ins Bad zu gelangen.

»Verdammt, das ist ein sexy Hintern.« Er pfiff.

Sie warf ihm einen schüchternen Blick über die Schulter zu. »Ich weiß. Willst du mir wirklich nicht beim Waschen helfen?«

Er stöhnte. »Du bringst mich um, Lily.«

Sie lachte und fühlte sich so leicht und unbeschwert wie schon lange nicht mehr. Trotz seiner Warnung, dass sie wieder im Bett landen würden, stieg er mit ihr unter die Dusche und verpasste ihr ein Zungenbad unter dem heißen Strahl, sodass sie sich mit weichen Knien gegen die kalten Fliesen lehnte.

Sie gingen gemeinsam nach unten und nahmen zusammen ein schnelles Frühstück aus Rührei mit Käse und Toast ein.

Er ging in den Flur, um sich umzusehen, wobei er einen Block und einen Stift mitnahm, um eine Liste der Dinge zu machen, die er besorgen wollte.

»Irgendeine Idee für die Farbe?«, fragte er, als sie sich zu ihm gesellte, eine Tasse Tee in der Hand.

»Du wirst lachen.«

»Raus damit.«

»Weiß.«

»Weiß?«, fragte er skeptisch.

»Ich weiß, du denkst, es sei langweilig und schlicht. Und das ist genau das, was ich will.« Sie fuchtelte mit den Händen herum. »Meine Kindheit war ein Mischmasch aus Tapeten und scheußlichen Farben, die wahrscheinlich nie in Mode waren. Als ich bei Howard wohnte, war alles beige und grau mit hellen Akzentwänden in jedem Zimmer. Ich will es einfach haben. Einen Neuanfang, sozusagen.«

Er nickte. »Ich denke, Weiß wird diesen Flur aufhellen und ihn größer wirken lassen. Welches Finish willst du? Eierschale, seidenmatt, glänzend?«

»Seidenmatt bitte. Ich hasse Eierschale. Da kann man keine schmierigen Handabdrücke abwaschen.«

Sie zog eine Grimasse, als sie sich an Howards Unmut erinnerte, als er nach Hause gekommen war und die Verfärbungen gesehen hatte. Wenigstens war er nur auf Kylie wütend geworden, nicht auf Annabelle.

»Was ist mit dem Schlafzimmer im Obergeschoss? Soll ich erst mal einen riesigen Eimer Weiß besorgen und damit anfangen, alles zu streichen?«

»Oh, das wäre fantastisch.« Sie strahlte, und er beugte sich gerade zu einem Kuss vor, als die Tür aufging und ein munteres kleines Mädchen hereinplatzte.

»Mommy, ich bin – oh.« Auf das überraschte Geräusch folgte ein Kichern.

Dann Howards weniger angenehme Stimme. »Geh rein, bevor du dich erkältest.«

Howard tauchte hinter Annabelle auf, dunkle Ringe unter den Augen, sein Gesichtsausdruck starrer als sonst. Sein Blick traf Gunner, und Kylie erwartete eine unhöfliche Bemerkung. Zu ihrer großen Überraschung hielt er den Mund. Er ließ den Blick in den von Tapeten befreiten Flur wandern und sie erwartete ein Grinsen von ihm, aber seine Miene blieb ausdruckslos, als er sagte: »Es wird Zeit, dass du umdekorierst. Wenn du zusätzliche Möbel brauchst, haben wir noch die alte Esszimmergarnitur im Keller stehen.«

Sie wäre vor Schreck fast umgefallen. Howard

war nett? Das wäre das erste Mal, seit sie die Scheidung durchgemacht hatte.

»Ähm, danke, aber ich denke, wir kommen schon zurecht. Ich kümmere mich im Moment nur um ein paar Schönheitskorrekturen.«

»Okay. Sag mir Bescheid, wenn du deine Meinung änderst.« Dann drehte er sich zu Annabelle um, die sich an ihre Tasche klammerte. »Ich hab dich lieb, Squishy-Maus. Ich komme an Heiligabend wieder und hole dich ab.«

»Ich rufe dich später an, Daddy.« Annabelle umarmte ihn fest, und dann war Howard ohne eine einzige Beleidigung verschwunden.

Ein Weihnachtswunder.

Annabelle kramte in ihrer Tasche nach einer Dose mit Deckel. »Gunner, ich habe dir etwas mitgebracht.« Zum Vorschein kam ein Keks mit so vielen Streuseln, dass es eigentlich verboten sein müsste. »Ich habe ihn selbst verziert«, verkündete sie stolz, als sie ihn ihm überreichte.

Er machte es meisterhaft, aß ihn auf der Stelle und rief, es sei das Beste überhaupt. Wenigstens fiel er nicht in ein Zuckerkoma oder bekam eine Pinocchio-Nase.

»Bist du bereit, den Baum zu schmücken?«, fragte Annabelle aufgeregt und mit strahlenden Augen.

»Eigentlich wollte ich schnell einkaufen fahren, um ein paar Malsachen zu holen. Aber ich bin in einer Stunde zurück, also heb mir ein paar Weihnachtskugeln auf.«

»Du kannst den Engel oben befestigen, weil du so groß bist.«

Kylie verzog das Gesicht. »Es tut mir leid, Squishy. Ich weiß nicht, ob wir eine Baumspitze im Karton haben.«

»Mach dir keine Sorgen. Oma hat mir eine geschenkt.« Annabelle tätschelte ihre Tasche.

»Dann wäre es mir eine Ehre, dir dabei zu helfen.« Er legte eine Hand auf seine Brust und zwinkerte ihr zu. »Also, es gibt einen Donut-Laden neben dem Baumarkt. Ich nehme an, du magst sie nicht?«

»Doch!«, war ihre begeisterte Antwort. »Besonders die mit Streuseln.«

»Ausgezeichnet. Ich bin bald wieder da. Brauchst du noch etwas, während ich weg bin?«, fragte er Kylie.

Er hatte ihr schon mehr gegeben, als sie je für möglich gehalten hätte. »Ich denke, wir haben alles.«

Er ging, und Annabelle fragte in nicht ganz unschuldigem Tonfall: »Und, ist Gunner dein fester Freund?«

»Äh ...« Wie sollte sie antworten, wenn Annabelle den Kuss gesehen hatte? Und was war mit heute Abend? Würde Kylie so tun, als schliefen sie nicht miteinander, und sich in sein Zimmer schleichen? Denn sie wollte auf keinen Fall allein sein.

»Es ist in Ordnung, wenn er es ist. Daddy hat eine Freundin. Irgendwie. Aber ich glaube, er mag Julia nicht so sehr, wie Oma es tut.«

Sie hätte sich fast verschluckt. Ihr Kind war viel zu aufmerksam. »Gunner und ich sind noch dabei herauszufinden, was wir sind.« Und dann, weil Annabelle die Wahrheit verdiente: »Wir waren mal zusammen, als ich noch zur Schule ging.«

»Ich weiß. Ich habe ihn in einem Fotoalbum gesehen.«

Sie blinzelte. »Warte, welches Album?«

»Das im Bücherregal, Dummerchen.« Annabelle rollte mit den Augen.

Dann ging sie zu besagtem Bücherregal, öffnete den Schrank ganz unten und holte ein Album heraus, von dem Kylie gedacht hatte, es sei längst verschwunden. Als Gunner sie per Brief abserviert hatte, hatte sie in ihrem Schmerz alles Mögliche zerstört, aber das Album hatte überlebt, weil sie es nicht hatte finden können. Ihre Mutter hatte behauptet, es beim Aufräumen weggeworfen zu haben. Sie hätte wissen müssen, dass das eine Lüge war, denn ihre Mutter räumte nie auf.

Sie öffnete es und sah ein Bild von Kylie und Gunner, die für den Abschlussball gekleidet waren. Annabelle zeigte darauf. »Siehst du, er sieht fast genauso aus.« Ein Junge, der zum Mann geworden war.

Kylie ließ sich auf die Couch sinken, während Annabelle weiterblätterte und sie die Vergangenheit wiederaufleben ließ, die sie so angestrengt zu vergessen versucht hatte. Die Konzertkarten für den *Nussknacker*, ein Geschenk von Gunner, obwohl er so etwas hasste. Aber er hatte ihr Plätze in der fünften Reihe gekauft und sich für den Anlass herausgeputzt.

Und dann war da noch der Bilderstreifen vom Jahrmarkt, auf dem sie auf den ersten Fotos die Zunge herausstreckten, bevor sie sich auf dem letzten Bild küssten.

»Du hast mir nie gesagt, dass du es gefunden hast«, sagte sie leise. »Du musst so viele Fragen gehabt haben.«

Annabelle zuckte mit den Schultern. »Du warst beschäftigt, und ich wollte dich nicht noch trauriger machen.«

Sie umarmte ihre Tochter fest. »Hab nie Angst, mich etwas zu fragen.«

»Liebst du ihn?«

»Das habe ich.«

»Und was ist jetzt?«

»Es ist kompliziert. Aber gleichzeitig ist es egal, was ich für ihn empfinde, denn du bist der wichtigste Mensch für mich.«

»Ich mag ihn. Und du magst ihn auch.«

Das tat sie, aber sie hatte auch Angst. Angst davor, sich zu erlauben, ihn zu lieben, falls er sich umdrehte und sie wieder verließ.

Dieser Gedankengang drohte ihre Glücksblase platzen zu lassen. Sie wechselte das Thema. »Was hältst du davon, wenn wir uns an den Baum machen?«

»Ja!« Annabelle klatschte in die Hände.

Als Gunner zurückkam, ertönten Weihnachtslieder, der Baumschmuck war völlig chaotisch aufgehängt, Annabelle hatte ihre Weihnachtsmütze mit Glöckchen auf und Kylie trug ein klappriges Geweih auf dem Kopf.

Gunner kam mit einem Karton herein, den er in den Flur stellte, bevor er pfiff. »Langsam sieht es hier drin nach Weihnachten aus.«

»Ich habe etwas für dich gefunden.« Annabelle präsentierte ihm stolz die Elfenmütze mit Ohren und er setzte sie sich grinsend auf den Kopf.

»Wie sehe ich aus?«

Ihre Tochter hielt sich eine Hand vor den Mund und kicherte.

»Warte mal, ich habe noch mehr Sachen.« Er ging wieder hinaus und kam zurück, diesmal mit einem Becherhalter mit heißen Getränken und einer Schachtel mit Donuts.

»Oooh.« Annabelle stürzte sich auf das Angebot, und mit klebrigen Fingern und viel Gelächter schmückten sie den Baum zu Ende. Gunner half beim Aufhängen der Lichterketten, wobei er mit seiner Körpergröße dafür sorgte, dass sie bis ganz nach oben reichten. Anstatt den Engel selbst zu platzieren, hob Gunner Annabelle hoch, damit sie ihn anbringen konnte.

Ihre beeindruckbare Tochter machte große Augen vor lauter Heldenverehrung, als sie nicht gerade leise flüsterte: »Er ist wirklich stark.«

Er war auch ein harter Arbeiter. Während Kylie ihnen ein leichtes Mittagessen zubereitete, spachtelte er die Löcher in der Wand im Flur mit schnell trocknendem Kitt zu. Nach dem Mittagessen schmirgelte er es leicht ab, während sie und Annabelle den Boden und die Leisten abklebten, wobei ihr Kind die Arbeit als großes Projekt betrachtete. Dann war es an der Zeit zu streichen. Er hatte eine Farbe gekauft, die beim Auftragen nicht stank und für den Gebrauch in Innenräumen sowie für die menschliche Nase geeignet war. Sie wollte gar nicht daran denken, wie viel sie gekostet hatte.

Während Kylie das Abendessen vorbereitete, einen Nudelauflauf, dessen Reste sich wunderbar würden nutzen lassen, half Annabelle Gunner. Sie strich die Stellen, an die sie herankam, während er mit der Rolle arbeitete. Sie unterhielten sich, und Kylie hörte zu, als ihre Tochter ihn über so ziemlich alles ausfragte.

Hast du ein Haustier? Willst du ein Haustier? Magst du Hunde? Was ist mit Katzen? Was ist dein Lieblings-

eis? Offenbar waren die beiden sich einig, dass alles andere als Schokolade eine Verschwendung war.

Als die erste Schicht fertig war, ging Gunner die Treppe hinauf, um das Schlafzimmer vorzubereiten, damit er am nächsten Morgen streichen konnte. Sie und Annabelle kuschelten sich auf die Couch und sahen sich *Arthur Weihnachtsmann* an.

Am Nachmittag machte sie Popcorn für Annabelle, das sie essen und auffädeln konnte. Sie brachte Gunner eine Schüssel davon sowie ein Getränk hinauf.

Sie hatte ein schlechtes Gewissen, als sie ins Schlafzimmer ging und sah, dass er alle Tapeten abgezogen hatte und bereits dabei war, Löcher zu kitten. »Ich sollte dir helfen«, sagte sie.

»Du solltest Zeit mit Annabelle verbringen. Das gehört zu unserer Abmachung, schon vergessen?« Er deutete auf die kahlen Wände.

»Das war vorher. Als ich sauer auf dich war.«

Er schenkte ihr ein schiefes Grinsen. »Heißt das, ich stehe nicht mehr in Ungnade?«

»Vielleicht.« Sie täuschte Schüchternheit vor.

Er lachte. »An deiner Stelle würde ich warten, bis ich das Bad neu gefliest habe.«

Sie blinzelte ihn an. »Das kannst du tun?«

»Ja, denn du bist nicht die Einzige, die von der rosa Keramik nicht begeistert ist. Aber ich muss erst eine zweite Dusche im Keller einbauen lassen, weil es ungefähr eine Woche dauern wird, die

Dusche im ersten Stock zu entkernen und neu zu machen.«

»Mein Vater hat immer davon gesprochen, dass er ein zweites Bad einbauen will.« Das Wort »Vater« rutschte ihr heraus, und sie zuckte zusammen.

Er ergriff ihre Hände und drückte sie. »Hey, mach nicht so ein Gesicht. Er war dein Vater.«

»Nicht mein leiblicher.«

»Aber er hat dich großgezogen, bis du elf warst. Das zählt.«

Sie seufzte. »Tut es das? Ich meine, er ist ohne ein Wort gegangen.«

»Weil er ein Arschloch ist, aber das ist ein ganz anderes Problem.«

»Manchmal mache ich mir Sorgen um Annabelle. Dass sie sich durch die Scheidung von Howard am Ende auch verlassen fühlt.«

Gunner rieb sich das Kinn. »So wenig ich den Kerl auch leiden kann, er liebt das Kind wirklich.«

»Für den Moment, aber was ist, wenn er wieder heiratet? Oder ein weiteres Kind bekommt?«

»Dann wird sie immer noch eine fantastische Mutter haben.«

»Du steckst wirklich voller Komplimente.« Sie trat so nahe an ihn heran, dass sie den Kopf neigen musste, um ihm in die Augen sehen zu können. »Danke für die Donuts und die Farbe.«

»Danke, dass du so fantastisch bist.« Er drückte ihr einen Kuss auf die Lippen.

»Wir fangen gleich an, uns die *Weihnachtsgeschichte* anzusehen, wenn du dich uns anschließen willst«, bot sie an.

»Ha, den habe ich schon ewig nicht mehr gesehen. Scheiße ja. Gib mir nur eine Sekunde, um meine Sachen aus dem Weg zu räumen.« Sie half ihm, den Spachtelbehälter zu schließen und alles in einer Ecke zu stapeln.

Als sie die Treppe hinuntergingen, sahen sie, wie Annabelle die Eingangstür schloss. Wahrscheinlich ein Mitarbeiter irgendeiner Wohltätigkeitsorganisation, der in der Zeit des Gebens Geld verlangte.

»Jemand hat ein Geschenk vorbeigebracht.« Annabelle wedelte mit der kleinen Schachtel in der Hand.

Kylie runzelte die Stirn. »Ein Geschenk? Von wem?«

»Eine Frau mit einer Augenklappe hat es mir gegeben. Sie sagte, es sei für Gunner.«

»Für mich?« Er klang überrascht.

Kylie konnte nicht umhin, sich an die Frau vom Weihnachtsbaumverkauf zu erinnern. Die Frau mit der Augenklappe, die sich so sehr für sie und Gunner zu interessieren schien.

»Sie kannte sogar deinen Namen.« Annabelle nickte. »Ich habe ihr gesagt, dass du oben bist und ich dich holen würde, aber sie sagte, sie hätte es eilig und ich solle dir das hier geben.« Sie reichte ihm die

Schachtel, und Kylie fragte sich, warum er so angespannt wirkte.

»Willst du sie nicht aufmachen?« Annabelle zitterte fast vor Aufregung.

Er musterte den Karton, als sei es eine Granate. Kylie griff danach und zog den Deckel ab, um Christbaumschmuck zu enthüllen. »Hm. Warum wohl die schicke Schachtel?« Sie hielt den unbemalten Holzausschnitt eines Wolfes an einer Schnur hoch.

Gunner erblasste. »Ich bin gleich wieder da.« Er steckte die Füße in seine Stiefel, ohne sie zu schnüren, und stürmte zur Tür hinaus.

Die arme Annabelle biss sich auf die Unterlippe. »Habe ich etwas falsch gemacht?«

»Natürlich nicht, Schätzchen. Ich glaube, Gunner hofft nur, dass er die Frau erwischen kann, um sich bei ihr zu bedanken.«

»Er hat seine Jacke vergessen.« Annabelle deutete auf die Jacke am Haken.

»Das hat er. Ich werde sie ihm bringen. Warum fädelst du nicht etwas Popcorn für den Baum auf, während du darauf wartest, dass wir uns den Film ansehen?«

»Okay.«

Kylie zog ihren Mantel und ihre Stiefel an, schnappte sich seine Jacke und verließ das Haus. Ein Blick die Straße hinauf zeigte Gunner, der an der Ecke stand, die Hände in die Hüften gestemmt, und nach links und rechts schaute. Sie stapfte auf ihn zu, und als er sich umdrehte, hielt sie ihm seine Jacke hin.

»Ziemlich kühl, um ohne draußen zu sein«, bemerkte sie.

»Ja. Ich hatte gehofft, die Frau zu finden, die geklopft hat.«

»Kein Glück?«

Er schürzte die Lippen. »Sie muss in einen Wagen gesprungen sein, denn ich finde keine Fährte.«

Sie hob eine Augenbraue. »Eine Fährte? Bist du jetzt etwa ein Bluthund? Hat man dir beim Militär so das Aufspüren beigebracht?«

Er starrte sie einen Moment lang mit offenem Mund an, bevor er sich räusperte. »So ähnlich.«

»Kannst du mir erklären, was gerade passiert ist? Warum du ausgeflippt bist, als du den Baumschmuck gesehen hast?«

Er presste die Lippen aufeinander. »Es ist kompliziert.«

»Wie kompliziert?«

Er fuhr sich mit einer Hand über das Gesicht. »Ich will es dir erklären, aber du wirst mich für verrückt halten.«

»Im Gegensatz dazu, dich für einen Idioten zu halten, weil du so geheimnisvoll tust? Wer war diese Frau? Warum hast du so ausgesehen, als müsstest du kotzen?«

»Zunächst einmal bin ich mir nicht sicher, ob sie es ist.«

»Wer?«, fauchte sie. »Freundin? Ehefrau?«

»Nichts dergleichen«, antwortete er hastig. »Weit gefehlt.«

»Wer ist sie dann?«, fragte sie mit zusammengebissenen Zähnen. »Und warum kommt sie zu mir nach Hause, lässt Sachen zurück und verschwindet? In was für Schwierigkeiten steckst du genau?«

»Kürzlich war ich in eine Situation verwickelt, in der Joella, die Frau, von der ich glaube, dass sie zu deinem Haus kam, verletzt und ihr Bruder getötet wurde.«

»Deinetwegen?«

»Ja und nein. Sie und ihr Bruder haben schlimme Dinge getan. Wirklich schlimme Dinge. Sie wurde bei der Auseinandersetzung mit den beiden verletzt und konnte fliehen.«

Eine Minute lang öffnete und schloss sie den Mund. »Moment mal, willst du damit sagen, dass sie eine Kriminelle ist, die dich aus Rache jagt?«

Er hielt inne, bevor er nickte. »Wenn sie es ist, dann ja.«

Sie blinzelte. »Ist sie gefährlich?«

»Ich weiß es nicht. Vielleicht?« Er verlagerte sein Gewicht von einem Fuß auf den anderen und breitete die Hände aus. »Die Joella, die ich zu kennen glaubte, war überwiegend harmlos.«

»Überwiegend heißt nicht, dass sie es ist.« Sie

warf einen Blick zurück auf ihr Haus. »Das gefällt mir nicht, Gunner.«

»Ich schwöre, ich hatte keine Ahnung, dass sie nach mir suchen würde.«

»Sie sucht nicht nach dir. Sie hat dich gefunden, und jetzt spielt sie irgendein komisches Spiel. Warum sonst kommt sie an meine Tür?« Plötzlich wurde es ihr klar. »Warte, war sie diejenige, die die Nachricht hinterlassen hat?« Angesichts Howards Abneigung gegen Kunst hatte sie das Graffiti für seltsam gehalten.

»Es ist möglich.«

Sie schüttelte den Kopf. »Nein. Nein. Nein. Nein. Ich kann nicht zulassen, dass so etwas in Annabelles Nähe passiert. Weißt du, was Howard tun würde, wenn er es herausfindet?«

»Annabelle ist nicht in Gefahr. Ich bin derjenige, auf den Joella wütend ist.«

»Und du hast mit mir zu tun. Mit uns.« Sie zeigte auf sich selbst. »Wer sagt denn, dass sie nicht versuchen wird, Annabelle oder mir etwas anzutun, um an dich heranzukommen?«

»Ich werde nicht zulassen, dass euch etwas zustößt.«

Sie bemerkte, wie er die Möglichkeit nicht leugnete. »Aber das kannst du nicht garantieren, oder?«

»Ich werde euch beschützen. Ich schwöre es.«

»So wie du mich beschützt hast, als du mit mir Schluss gemacht hast?«

Er zuckte zusammen. »Ich verspreche dir, ich werde dich nie wieder verlassen.«

»Es tut mir leid, Gus, aber ich kann nicht. Es geht nicht nur um meine Sicherheit, sondern auch um Annabelles. Ich kann nicht zulassen, dass sie in den Rachefeldzug dieser Frau hineingezogen wird. Ganz zu schweigen davon, dass du ihren Bruder getötet hast.«

»Nicht ich.«

»Aber du warst da. Du hast gesagt, du musstest ihn aufhalten.«

»Weil er furchtbare Dinge getan hat.«

»Die Sache, an der du beteiligt warst, war also eine Polizeiaktion?«

»Nicht direkt.«

Sie kniff die Lippen zusammen. »Das heißt, du hast außerhalb der Gesetze gehandelt, wie eine Art Selbstjustizler.«

»Ich hatte keine andere Wahl.«

»Keine andere Wahl?«, schnaubte sie. »Wer genau bist du? Der Typ, den ich mal kannte, war durch und durch ehrlich.«

»Bin ich immer noch.«

»Bist du das? Ich habe nämlich den Eindruck, dass du mir etwas verheimlichst.«

Er seufzte und blickte zum Himmel. »Ich mache das nicht mit Absicht.«

»Dann sag es mir.«

»Ich kann nicht.«

»Kannst du nicht oder willst du nicht?«

»Es ist –«

»Kompliziert?«, unterbrach sie ihn. »Diese Ausrede wird nicht funktionieren. Ich bin kein naives junges Mädchen, das nichts zu verlieren hat, Gus. Ich bin eine Mutter, die sich um ein beeinflussbares Kind kümmern muss, und ich werde nicht zulassen, dass du oder irgendjemand sonst Chaos und Gewalt in ihr Leben bringt. Sie muss schon mit genügend Dingen fertigwerden. Das müssen wir beide.«

»Was willst du damit sagen?« Seine Stimme war sanft, sein Gesichtsausdruck resigniert.

»Wir können nicht in die Probleme verwickelt werden, die dir hierher gefolgt sind. Ich denke, du musst dir einen anderen Ort suchen, an dem du bleiben kannst.«

»Ich bin mir nicht einmal sicher, ob es Joella ist.«

»Das spielt keine Rolle. Ich kann das Risiko nicht eingehen.«

»Lily –«

Sie schloss die Augen und ihr Herz gegen seine abstrahlende Traurigkeit. »Nicht.«

»Was nicht? Dich lieben? Denn ich liebe dich. Ich habe nie aufgehört, dich zu lieben, und als ich dich wiedersah, wurde mir klar, dass ich nie jemand anderen lieben werde.«

»Es tut mir leid, aber die Antwort lautet immer

noch nein, und wenn es dir hilft, es war richtig, dass du vor zehn Jahren mit mir Schluss gemacht hast. Ich weiß nicht mehr, wer du bist, aber ich weiß, dass ich ein Leben verdiene, in dem ich keine Angst haben muss.«

»Ich würde dir nie wehtun.«

»Wir wissen beide, dass das eine Lüge ist, weil du es bereits getan hast.« Und damit ging sie von ihm weg, zurück zu ihrem Haus und ihrem Kind, das auf der Couch saß und sich Popcorn in den Mund stopfte. Sie reagierte nicht, als sie den Pick-up in der Einfahrt zum Leben erwachen hörte.

Sie dachte, sie hätte sich zusammengerissen, bis Annabelle sich an sie schmiegte und leise sagte: »Nicht weinen, Mommy.«

Sie versuchte, es nicht zu tun. Sie versuchte es ihrem Kind zuliebe. Und scheiterte. Ihr nasses Kopfkissen am Morgen zeugte davon.

KAPITEL ZWÖLF

Der Ausdruck auf Kylies Gesicht brachte ihn um.

Er hatte versprochen, sie nie wieder zu verletzen, und jetzt war er hier und tat es wieder. Nicht absichtlich. Aber das spielte keine Rolle.

Sie hatte recht. Er hatte die Gefahr zu ihr gebracht.

Die verdammte Joella. Es war nicht genug, dass sie das Dorf, über das sie herrschte, und die Lykaner verarscht hatte, indem sie ihrem Bruder half, an ihnen zu experimentieren. Jetzt, da sie nicht akzeptieren konnte, dass sie verloren hatte, tauchte sie auf, um ihn weiter zu verarschen.

Ernsthaft?

Trotz dem, was er zu Kylie gesagt hatte, hatte er keinen Zweifel, dass sie es war. Eine Frau mit einer Augenklappe? Das passte, denn als er sie das letzte

Mal gesehen hatte, hatte eine der Kreationen ihres Bruders ihr das Gesicht zerkratzt.

Was wollte sie von ihm?

Rache schien das Naheliegendste zu sein, aber warum Kylie und Annabelle hineinziehen?

Es sei denn, das war Teil ihrer Rache, damit er das Einzige verlor, was er liebte.

Unfair. Er hatte so viel durchgemacht. Hatte er nicht eine zweite Chance verdient?

Kylie war bereit gewesen, ihm zu verzeihen. Annabelle war bereit, seine Anwesenheit in ihrem Leben zu akzeptieren. Er hatte das Glück in greifbarer Nähe gehabt, und jetzt saß er in seinem Wagen, geparkt vor seinem alten Haus. Ein Haus, das er nach dem Tod seines Bruders verkauft hatte, weil er nie vorgehabt hatte zurückzukehren.

Wohin konnte er gehen?

Zurück nach London, um zu sehen, ob Brock ihn aufnehmen würde? Vielleicht nach Ottawa in Kanada, wo Quinn früher gelebt hatte. Das Rudel hatte ihm angeboten, sich ihnen anzuschließen, wenn er einen Platz brauchte.

Aber das hieße, dass er wieder weglaufen würde.

Er würde genau das tun, was Kylie ihm vorwarf. Weggehen.

Ganz abgesehen von der Tatsache, dass sie ihm gesagt hatte, er solle gehen. Sie dachte, er würde den einfachen Weg nehmen und fliehen.

Diesmal nicht.

Er würde Kylie zeigen, dass sie sich auf ihn verlassen, ihm vertrauen konnte. Er würde sie und Annabelle beschützen.

Mit diesem Gedanken im Hinterkopf ließ er seinen Wagen in einer Seitenstraße stehen und marschierte zurück zu ihrem Haus. Würde Joella etwas unternehmen, jetzt, da er weg war? Er wusste es nicht, und er wollte das Risiko nicht eingehen.

Also wartete er draußen und fragte sich, was sie wohl taten, da er den Schein der Lichter in dem Baum vor dem Fenster und das Flackern eines Fernsehers sah.

Gegen zweiundzwanzig Uhr wurde es im Erdgeschoss dunkel, aber der erste Stock war beleuchtet. Nicht das große Schlafzimmer, stellte er fest. Sie hatte sich in ihr Einzelbett zurückgezogen. Die Erkenntnis nahm sein ohnehin schon zerquetschtes Herz und wrang es noch weiter aus.

Sie hatten kurz vor etwas Schönem gestanden. Ihre Vergebung führte zur Erneuerung ihrer Liebe. Einer Liebe, die zu neu und zerbrechlich war, um einen Stresstest zu überstehen. Und er machte Kylie dafür keinen Vorwurf. Wenn man bedachte, wie sehr sie zuvor verletzt worden war, hatte sie jedes Recht, sich und das Kind zu schützen.

Er döste die nächsten zwei Stunden, da er durch reinen Willen schlafen konnte, eine Fähigkeit, die er beim Militär gelernt hatte, wo man nie wusste, wann man die nächste Gelegenheit zum Ausruhen bekam. Kurz nach Mitternacht betrat er das Haus durch die hintere Schiebetür. Der Riegel ließ sich mit einem Ruck öffnen und er verursachte kaum ein Geräusch.

Er knipste kein Licht an. Das war auch nicht nötig. Er mochte zwar in seiner menschlichen Gestalt sein, aber er hatte immer noch eine ausgezeichnete Nachtsicht. Da er ruhelos war, konnte er nicht einfach auf der Couch sitzen und den Wachwolf spielen. Zum Glück machte das Malen nicht viel Lärm.

Er strich die Wände im Flur dick an und machte sich angesichts ihrer Worte, alles weiß zu streichen, daran, die Tapeten im Wohnzimmer und in der Küche abzulösen. Ein Teil von ihm wusste, dass sie morgen früh stinksauer sein würde. Sie hatte ihm gesagt, er solle verschwinden. Das war seine Art zu sagen, dass er erstens sein Versprechen der Hilfe nicht zurücknehmen würde und zweitens, dass er dieses Mal nirgendwo hingehen würde, auch wenn es hart und unbequem war. Sie hatte ihm zuvor vorgeworfen, ihr nicht zu vertrauen und sie für zu oberflächlich zu halten, um das Trauma zu akzeptieren, das er durchgemacht hatte. Es war eher so, dass er ihre Ablehnung fürchtete.

Würde sie ihn noch lieben, wenn sie sein wahres Ich kannte? Bis jetzt sah es nicht gut aus. Sein Geständnis, dass er in eine Selbstjustizaktion verwickelt gewesen war, hatte sie schockiert. Eine verständliche Reaktion von jemandem, der in seinem Leben noch keine Erfahrungen mit Gewalt gemacht hatte.

Wäre sie immer noch anderer Meinung, wenn sie wirklich wüsste, warum er hatte handeln müssen?

Joella und ihr Bruder hatten an Menschen experimentiert. Kinder gestohlen. Sie zu ihrem eigenen Vorteil ermordet. Hätte das Kylie umgestimmt, wenn sie das Ausmaß ihrer Verdorbenheit gekannt hätte?

Vielleicht, aber dann hätte er ihr genau erklären müssen, welche Art von Experimenten. Die Art, die Männer zu Monstern machte. Echten Monstern.

Es war schon komisch, denn als Gunner Lykaner wurde, hatte er sich für eine nicht liebenswerte Bestie gehalten. Immerhin verwandelte er sich bei Vollmond in einen Wolf. Er jagte und fraß manchmal sogar in dieser Gestalt. Die ganze Zeit über war er sich dessen bewusst, aber der Urinstinkt des Wolfes siegte immer über seine menschlichen Skrupel.

Er brauchte Jahre, um zu akzeptieren, dass er in Wirklichkeit kein Monster war. Um zu erkennen, dass Lykaner eine Zukunft haben konnten, die Ehe und Familie beinhaltete. Er konnte nur keine Kinder zeugen. Lykaner-Schwangerschaften waren zu gefährlich für die Mütter. Das war einer der Gründe, warum er sich von Kylie getrennt hatte. Sie hatte sich immer Kinder gewünscht. Es war überraschend, dass sie und Howard bei einem aufgehört hatten.

Es schien sie nicht zu stören, als er erwähnt hatte, unfruchtbar zu sein. Könnte sie damit umgehen, jedes pelzige Detail zu kennen, warum er weggeblieben war? Würde sie ihn besser verstehen, wenn sie die Wahrheit wüsste?

Was, wenn sie ihn dafür hassen würde?

Selbst wenn sie es täte, würde er sie nicht verlassen, um sich allein durchzuschlagen. Da er sich über Joellas Absichten nicht sicher sein konnte, würde er nirgendwo hingehen. Da Kylie normalerweise den Keller mied, beschloss er, sich dort zu verstecken, als die Morgendämmerung nahte. In der Nähe, falls Joella etwas versuchte, aber außer Sichtweite.

Seine nächtlichen Aktionen blieben nicht unbemerkt. Er hörte Kylie, als sie die Treppe herunterkam, denn die Isolierung im Keller war praktisch nicht vorhanden.

»Was um Himmels willen?«, rief sie aus. »Gus, du Idiot«, war ihre nächste genervte Erklärung.

Sein Handy surrte in der Tasche und er zog es heraus, um ihre SMS zu lesen.

Ich habe gesagt, du sollst verschwinden und nicht heimlich mein Haus streichen, während ich schlafe.

Er tippte eine Antwort zurück. *Ich konnte die Arbeit nicht halb fertig hinterlassen.*

Ich tausche die Schlösser aus.

Er grinste. *Wer sagt, dass ich einen Schlüssel brauche?*

Sie stapfte in die Küche und setzte Wasser auf, während sie die Kaffeekanne füllte. Es dauerte ein paar Minuten bis zu ihrer nächsten Nachricht.

Ich habe das ernst gemeint, was ich gesagt habe. Ich will nicht, dass du wiederkommst.

Ich werde dich nicht noch einmal im Stich lassen.

Sie stieß einen Schrei aus und er hörte, wie etwas aufschlug und zerbrach.

Er musste sich gewaltsam davon abhalten, die Treppe hinaufzueilen. Was, wenn sie sich geschnitten hatte? Was, wenn sie eine Umarmung brauchte? Jemanden zum Schlagen?

Er konnte sich vorstellen, wie sehr sie ausflippen würde, wenn sie wüsste, dass er noch im Haus war. Er beruhigte sein Gewissen, indem er es daran erinnerte, dass er dies nur tat, um sie zu beschützen. Sobald die Gefahr, die von Joella ausging, vorüber war, würde er Kylie den Abstand geben, um den sie gebeten hatte. Selbst wenn es ihn umbrächte. In der Zwischenzeit wartete er.

Sie schrieb ihm nicht zurück. Verständlich. Sie brauchte Freiraum. Zeit zum Verarbeiten.

Gunner konnte sich nicht zurückhalten. Er gab nach und tippte eine Nachricht.

Ich müsste mich nicht reinschleichen, wenn du mir erlauben würdest zu malen.

Da du nicht hier wohnst, kann ich mir deine Dienste nicht leisten.

Er knirschte mit den Zähnen. *Es kostet nichts.*

Ich bin kein Almosenempfänger.

Das habe ich auch nie behauptet.

Warum gehst du nicht weg? Darin bist du gut.

Autsch. Auch wenn es stimmte. *Das war ein Fehler, den ich zutiefst bereue. Ich versuche, es besser zu machen.*

Zu spät.

Nicht solange er lebte.

Er nahm es als gutes Zeichen, dass sie weiter mit ihm schrieb. Sie hatte das Recht, wütend und verängstigt zu sein. Die meisten Menschen wüssten nicht, wie sie mit der Situation umgehen sollten. Aber ein Gespräch schien besser als die Alternative – dass sie nie wieder mit ihm sprach.

Leichtere Schritte kamen die Treppe hinunter und ein erschrockenes »Mommy, was ist passiert?« ertönte.

»Ich habe meine Tasse fallen lassen. Keine große Sache. Da war nicht einmal Kaffee drin. Jetzt, da du wach bist, kann ich den Staubsauger benutzen.«

Es gab einige dumpfe Geräusche, als Kylie das Gerät aus einem Schrank holte und mit einem lauten Surren einschaltete. Er setzte sich auf die Waschmaschine und schickte Brock ein paar SMS über das Problem mit Joella, als er ein Schnappen nach Luft hörte. Er blickte auf und sah Annabelle die

Treppe hinunterkommen, in der Hand einen Karton, den sie beim Aufhängen der Dekoration geleert hatten.

Sie machte große Augen und öffnete den Mund, aber bevor sie etwas sagen konnte, legte er einen Finger an die Lippen. Sie kam näher, ließ die Schachtel fallen und flüsterte: »Was machst du denn hier? Ich dachte, du und Mom hättet euch gestritten.«

»Haben wir auch.«

»Sie hat geweint«, erklärte das Mädchen mit strengem Blick.

»Das war nie meine Absicht. Ich würde Kylie nie wehtun.«

»Warum ist sie dann sauer auf dich?«

Er erzählte ihr eine einfache Version der Wahrheit. »Weil ich Feinde habe.«

»Die Frau, die gestern hier war?« Das Kind erwies sich als scharfsinnig.

Er nickte.

»Warum ist sie deine Feindin?«

»Ihr Bruder hat schlimme Dinge getan, und ich habe geholfen, ihn aufzuhalten.«

»Weil es das ist, was Helden tun.« Annabelle nickte. »Hast du ihn getötet?«

Er blinzelte angesichts dieser makabren Frage.

Sie drängte ihn. »Also, ist er tot?«

»Ja.«

»Gut.«

Er hob eine Augenbraue. »Gut?«

Annabelle grinste. »Ich hasse es, wenn Helden die Schurken laufen lassen. Das gibt später immer Ärger.«

Das Mädchen verstand. Er lächelte. »Ich auch.«

»Aber Mommy ist ein Weichei. Sie tötet nicht einmal Spinnen«, erklärte Annabelle mit einem verächtlichen Schniefen.

»Sie war schon immer nett, sogar zu ekligem Ungeziefer«, stimmte er zu.

Der Staubsauger wurde abgeschaltet und Annabelle blickte an die Decke. »Ich bin mir ziemlich sicher, dass Mommy dich liebt. Sie hat Daddy nie so angeschaut, wie sie dich anschaut.«

Balsam für sein schmerzendes Herz. »Und ich liebe sie auch sehr, aber im Moment ist sie ziemlich sauer auf mich.«

»Ich weiß. Sie hat ihre Lieblingstasse zerbrochen.« Sie sagte es, als sei es das Schockierendste überhaupt.

»Hast du eine Idee, wie ich die Sache mit ihr in Ordnung bringen kann?«

»Sie ist in zu viele Stücke zerfallen, um sie zu kleben.«

Er hätte fast gelacht, doch er sah ihre ernste Miene. »Vielleicht könnte ich ihr eine neue besorgen.«

»Das wäre ein Anfang.« Annabelle schürzte die

Lippen. »Hast du ihr zu Weihnachten ein schönes Geschenk besorgt?«

»Ich hatte noch keine Zeit. Irgendwelche Vorschläge?«

Sie tippte sich auf die Unterlippe und sagte dann: »Sie liebt Pralinen mit weichem Kern.«

»Besonders die mit Karamell.« Er erinnerte sich daran, dass sie immer wählerisch gewesen war, wenn er ihr gemischte Pralinenschachteln schenkte.

»Oh, und sie braucht unbedingt eine Katze.«

»Eine Katze?« Er konnte sich die Frage nicht verkneifen.

Annabelle nickte. »Eine Katze wäre kuschelig und süß. Jeder liebt Katzen.«

Abgesehen von Hunden, aber das erwähnte er nicht. »Hast du eine Idee, wo ich eine finden könnte?«

»Mrs. Gertrude die Straße rauf, in dem Haus mit dem blauen Vogelbriefkasten, hat sechs Kätzchen. Das orangefarbene ist das süßeste.«

»Das orangefarbene, ja?«

Annabelle grinste. »Er ist ein Junge, und ich wette, er wird mal so dick wie Garfield.«

Er hätte fast gelacht.

Kylie rief von oben. »Alles in Ordnung da unten, Squishy?«

Mit großen Augen antwortete Annabelle schnell: »Alles gut. Bin gleich oben. Ich wollte nur nachsehen, ob wir etwas von den Weihnachtssachen übersehen haben.« Dann beugte sie sich vor und murmelte: »Wir gehen ins Einkaufszentrum, damit ich Daddy ein Geschenk kaufen kann. Wir werden ein paar Stunden weg sein, wenn du noch etwas streichen willst.«

»Glaubst du nicht, dass sie dadurch noch wütender wird? Sie war nicht glücklich über den Flur.« Er hielt sein Handy in die Luft. »Sie hat mir deswegen eine wütende SMS geschickt.«

Annabelles Grinsen erwies sich als ansteckend, als sie zugab: »Sie tut vielleicht so, als sei sie wütend darüber, aber ich habe gesehen, wie sie es angestarrt hat, und dann die Wände in der Küche.«

Gut zu wissen.

Annabelle ging, seine Mitverschwörerin bei der Mission *Kylie zurückgewinnen*. Gut zu wissen, dass er die Kleine auf seiner Seite hatte. Er hatte zwar seine Zweifel an der Idee mit dem Kätzchen für Kylie, aber er brauchte ein Geschenk. Er hatte nichts gesehen, als sie einkaufen gewesen waren. Pralinen waren ja ganz nett, aber sie war die Liebe seines Lebens. Sie verdiente etwas Besonderes.

Unruhe im Erdgeschoss zeigte, dass Kylie und Annabelle sich bereit machten, das Haus zu Fuß zu verlassen. Und da wurde es ihm klar. Sie hatte gesagt, sie würden ins Einkaufszentrum gehen, und da Kylie kein Fahrzeug hatte ...

Er könnte ihr auf jeden Fall einen Wagen besorgen. Das Problem war nur, dass sie ablehnen würde, also musste er sich überlegen, wie er ihr einen schenken konnte, ohne dass sie ablehnen konnte. Was, wenn er einfach in ihrer Einfahrt auftauchte und auf ihren Namen zugelassen war? Sie würde trotzdem eine Versicherung brauchen. Brock könnte wahrscheinlich eine für sie abschließen. Er hatte überall Freunde.

Es dürfte nichts zu Neues sein. Das würde sie nie annehmen. Aber auch keine Schrottkarre, denn er wollte nicht, dass sie eine Panne hatte. Er dachte an den Minivan aus der Werkstatt. Leicht zu kaufen. Er brauchte nur eine Möglichkeit, ihn ihr zu schenken.

Der Tumult über ihm endete damit, dass die Haustür geschlossen wurde, als sie gingen. Sobald sie weg waren, kehrte er in das Erdgeschoss zurück und überlegte. Ihnen zu folgen würde ihn in Schwierigkeiten bringen, wenn Kylie ihn entdeckte. Ihnen nicht zu folgen bedeutete zu hoffen, dass Joella nichts in der Öffentlichkeit versuchte.

Eine Frau mit einer Augenklappe wäre ziemlich auffällig, aber nichts würde sie davon abhalten, Schläger anzuheuern.

Mist.

Er eilte rechtzeitig nach draußen, um den Bus wegfahren zu sehen. Er hätte sich Sorgen machen können, ob sie es überhaupt an Bord schaffen würden, aber Annabelle spähte aus dem Heckfenster und musste ihn gesehen haben, denn sie winkte.

Mit so vielen Zeugen würde niemand etwas

versuchen, und er hatte Zeit, bevor sie das Einkaufszentrum erreichten. Zeit genug, um ihr Haus zu sichern, was er schon an dem Abend hätte tun sollen, an dem sie die Nachricht gefunden hatten. Er war sich so sicher gewesen, dass es ihr Ex war. Im Nachhinein könnte er sich dafür in den Hintern treten, ein Idiot gewesen zu sein.

Er überprüfte zunächst, ob jedes einzelne Fenster verriegelt war. Er wusste bereits, dass die Hintertür zum Garten ein Problem darstellte. Die Glasschiebetür mit ihrem fadenscheinigen Riegel war zu leicht zu knacken. Er schnitt ein Stück Holz zurecht, das in den Rahmen passte, sodass niemand die Tür gewaltsam öffnen konnte, wenn sie geschlossen war. Zerbrechendes Glas würde eine Warnung geben. Die Kellerfenster waren zu klein, es sei denn, Joella griff auf superdünne Schläger zurück. Selbst Joella würde wahrscheinlich nicht durchpassen.

Die Vordertür hatte ein Schloss, das leicht zu knacken war. Er konnte es nicht einfach auswechseln, ohne dass Kylie es bemerkte, da sie einen neuen Schlüssel bräuchte, ganz zu schweigen davon, dass neues, glänzendes Messing im Vergleich zu alt und getrübt nur schwer zu übersehen wäre.

Stattdessen hängte er eine Glocke darüber, die bei jedem Öffnen klingeln würde und die Kylie sehr wohl abreißen könnte. Während er das tat, fuhr ein

Wagen vor ihrem Haus vor, eine ältere Limousine mit dunkel getönten Scheiben.

Das Fahrzeug hielt an und ein Mann stieg aus, nicht sehr groß, vielleicht eins achtundsiebzig, aber von stämmiger Statur. Sein dunkles Haar war an den Seiten bis auf die Haut rasiert, sodass man die Tattoos sehen konnte, die sich von der Kopfhaut bis zum Hals erstreckten. Der tätowierte Kerl schritt zur Eingangstür und klopfte kräftig dagegen.

Gunner überlegte, ob er so tun sollte, als sei niemand zu Hause, um zu sehen, was passierte, aber seine Neugierde in Bezug auf den Fremden siegte. Gunner machte auf. »Hey. Kann ich dir helfen?«

»Ich suche nach der Dame des Hauses.«

»Sie ist nicht da. Vielleicht kann ich helfen.«

»Wann kommt sie zurück?«

»Das geht dich nichts an. Und ich füge hinzu, dass ich ziemlich sicher bin, dass sie nichts mit dir zu besprechen hat.«

Der Mann schaute finster drein. »Wir suchen nach ihrem Ehemann.«

»Du meinst Ex-Mann«, stellte Gunner klar, obwohl er sich fragte, was Keeler mit dieser Art von Abschaum zu tun haben sollte. Es hieß, man solle einen Menschen nicht nach seinem Äußeren beurteilen, aber ein Typ, der sich *Fick dich* zusammen mit dem Bild eines Mittelfingers auf das Gesicht hatte tätowieren lassen, war nicht gerade ein Musterbürger.

»Wie auch immer. Wir wissen, dass sie hier mit seinem Kind lebt. Sie muss uns sagen, wo der Wichser sich versteckt.«

»Habt ihr bei ihm zu Hause nachgesehen?«

»Sehe ich aus, als sei ich dumm?«, knurrte der Kerl.

»Nun, wenn ich ehrlich bin ...«, spottete er, woraufhin der Mann reagierte.

Er schlug zu.

Gunner fing die Faust ab und machte ein abfälliges Geräusch. »Das ist aber nicht sehr nett, und das auch noch wenige Tage vor Weihnachten. Was würde der Weihnachtsmann dazu sagen?«

»Du legst dich mit dem falschen Kerl an.« Der Tattoo-Typ zerrte an der Faust und blamierte sich nur noch mehr, als er sich nicht befreien konnte.

»Ich hätte es nicht besser sagen können. Ich bin niemand, den du verärgern solltest.« Gunner blieb freundlich und lächelte.

Das veranlasste den Tattoo-Typen zu schimpfen. »Hör zu, du Wichser, wir haben weder mit dir noch mit Howards Ex etwas am Hut. Wir wollen nur das Geld eintreiben, das er uns schuldet.«

»Oh, erzähl mir mehr.«

»Ich erzähle dir gar nichts.«

»Falsche Antwort.« Gunner zerrte ihn ins Haus, schloss die Tür und drückte ihn gegen die Wand, wobei er innerlich zusammenzuckte, weil er wahrscheinlich die neue Farbschicht zerkratzt hatte.

»Lass mich los.«

»Nein.« Gunner hob ihn höher. »Ich sag dir mal was, Arschloch – du hast doch nichts dagegen, wenn ich dich Arschloch nenne? Ist ja nicht so, als hättest du dich vorgestellt. Du kannst hier nicht einfach auftauchen und Drohungen aussprechen. Es wohnt ein Kind in diesem Haus. Ein Kind und eine Mutter, die ich sehr gern habe. Du kannst dir also vorstellen, dass ich es nicht sehr schätze, wenn du hier auftauchst und Ärger machst, obwohl Howard das Problem ist.«

»Du legst dich mit dem Falschen an –«

Gunner zog den Tattoo-Typen nach vorn und knallte ihn so heftig gegen die Wand, dass ihm die Augen in den Schädel rollten. Er kam näher, als er knurrte: »Falsch. Ich bin derjenige, um den du dir Sorgen machen solltest, denn weißt du, was mit Leuten passiert, die ich nicht mag? Sie verschwinden und werden nie wieder gefunden. Weil ich mich nicht mit Arschlöchern abgebe. Und du bist ein Arschloch.«

Die Tür wurde plötzlich aufgestoßen, als sein Begleiter hereinkam, um nach seinem Partner zu sehen, aber Gunner hatte damit gerechnet. Er holte mit dem Fuß aus und erwischte den Neuen am Knie, das er so hart traf, dass es sich auf unnatürliche Weise verdrehte. Der große Kerl sackte mit einem schmerzerfüllten Schrei zusammen. Gunner verpasste dem, den er festhielt, ein paar Schläge, die ihn betäubten, bevor er den Kopf des Großen packte und ihm das Knie ins Gesicht rammte, bis er ein Knirschen hörte.

Erst als beide am Boden lagen und sich das Gesicht hielten, wobei der größere wimmerte, sprach Gunner sie an.

»Wer hat euch geschickt?«

»Unser Boss«, sagte der Große, die Hände vor dem Gesicht.

»Wer ist euer Boss? Ist es eine Frau mit einer Augenklappe?« Hatte Joella sie geschickt?

Tattoo-Typ schnaubte. »Wir arbeiten nicht für eine Piratin. Aber wenn unser Boss hört, was passiert ist, wird er dich ordentlich aufmischen. Dich und deine Schlampe.«

Das waren die falschen Worte. Gunner ließ seine aufgestaute Frustration an den Kerlen aus. Seine Wut trieb seine Schläge an, mit den Instinkten blockierte er ihre erbärmlichen Versuche. Erst als sie blutend und schluchzend zu seinen Füßen auf dem Boden lagen, sprach er weiter.

»Ich sage euch, was passieren wird, ihr Schwachköpfe. Ihr werdet diese Adresse vergessen. Ihr werdet abhauen und nie wiederkommen. Um genau zu sein, werdet ihr diese Straße meiden. Denn wenn ich euch in der Nähe von Keelers Ex-Frau oder Kind erwische, werde ich euch verdammt noch mal töten. Langsam. Und schmerzhaft.«

»Warum sagst du das nicht unserem Boss? Er ist

derjenige, der Howard bezahlen lassen will«, beschwerte sich Tattoo-Typ.

»Das ist wohl eine Sache zwischen eurem Boss und Howard. Wenn es hilft, mir ist egal, was ihr mit ihm macht. Aber was auch immer ihr tut, passiert woanders. Nicht hier. Nicht in der Nähe seiner Ex oder des Kindes. Habe ich mich klar ausgedrückt?«

Der erste Typ funkelte ihn an und machte deutlich, dass er immer noch Probleme hatte. Gunners nächster Schlag ließ nicht lange auf sich warten.

Durch die abgebrochenen Vorderzähne in seinem Mund brachte der Typ ein ersticktes »Aschlok« heraus.

Der große Kerl hingegen hatte die Botschaft verstanden. »Wir werden uns nicht mit deiner Frau anlegen. Lass uns gehen.« Er stützte den anderen Schläger zur Tür hinaus und in den Wagen. Das Fahrzeug raste davon und Gunner schürzte die Lippen.

Wo war Howard hineingeraten? Und würde er es in Ordnung bringen müssen? Denn so sehr er den Kerl auch hasste und bezweifelte, dass Kylie ihn vermissen würde, gab es da draußen ein kleines Mädchen, das ihren Daddy liebte.

Trotzdem, diese Art von Blödsinn konnte er nicht dulden. Man stelle sich nur vor, Kylie wäre zu Hause gewesen.

Zeit, Howard einen weiteren Besuch abzustatten. Als hätte er nicht schon genügend zu tun.

Zuerst beseitigte er alle Spuren des Kampfes, einschließlich des ekelhaften Bluts auf dem Boden. Dann strich er schnell den Flur, wobei der zweite Anstrich die Kratzer verdeckte, die durch den Schläger entstanden waren. Er ging sogar ein paarmal über die Wände, die er über Nacht von der Tapete befreit hatte.

Erst dann verließ er das Haus und verschloss die Tür hinter sich.

Wo, oh wo könnte sich Howard, der den falschen Leuten Geld schuldete, nur verstecken? Er schickte eine SMS an Brock. *Ich brauche einen Gefallen. Kannst du den letzten Standort dieser Telefonnummer ausfindig machen?* Er gab Howards Handynummer ein.

Sein Freund brauchte weniger als fünf Minuten, um eine Antwort zu senden.

Weingut Keeler. Howard ging zur Arbeit und versteckte sich gar nicht. Es waren nur dumme Schläger, die offensichtlich dachten, sie könnten Kylie und Annabelle ausnutzen, um ihn zum Zahlen zu bewegen.

Gunner stattete dem Weingut einen Besuch ab und nippte gerade an einem Glas im Empfangsbereich, als der Mann selbst erschien.

»Was machst du denn hier?«, zischte Howard.

»Wir beide müssen über dein Schuldenproblem sprechen.«

»Ich weiß nicht, wovon du redest.«

»Zwei grobschlächtige Typen waren bei Kylie

und haben dich gesucht. Sie sagten, du würdest ihnen Geld schulden.«

Er erblasste. »Geht es ihnen gut?«

»Zum Glück waren sie nicht zu Hause, und ich habe mich mit den Typen darüber unterhalten, dass sie sich in Zukunft nicht wieder blicken lassen sollten. Kannst du mir erklären, worum es da ging?«

Einen Moment lang hatte der Mann einen hochmütigen Ausdruck. Dann sackten seine Schultern zusammen. »Ich stecke in Schwierigkeiten.«

Gunner schenkte sich ein weiteres Glas ein, dann eines für Howard. »Setz dich und erzähl es mir.«

Mit einem Seufzer entledigte Howard sich seiner Last. Wie viele reiche Männer hatte auch er beschlossen, mit Geld zu spielen, das er nicht hatte.

Howard gestikulierte, als er versuchte, sein Handeln zu rechtfertigen. »Ich hatte eine Glückssträhne. Es hätte eine todsichere Wette sein müssen.«

Gunner schnaubte. »Und so kriegen sie dich jedes Mal. Wie viel bist du schuldig?«

»Fast eine Million.« Ein leises, beschämtes Eingeständnis.

Er pfiff. »Das ist eine Menge Geld.«

»Ich weiß, deshalb habe ich ihnen auch gesagt, dass ich ein bisschen Zeit brauche, um es aufzutreiben.«

»Lass mich raten, sie wurden ungeduldig.«

Howard nickte.

»Dir ist schon klar, dass sie nicht aufgeben werden. Wenn du sie nicht bezahlst, werden sie jemanden verletzen. Das ist es, was diese Leute tun.«

»Ich weiß, und ich sollte es bald haben.« Howard senkte den Kopf. »Ich nehme an, du wirst es Kylie sagen, damit sie es gegen mich verwenden kann.«

Das war Gunner gar nicht in den Sinn gekommen. Verräter wurden bestraft. Allerdings sollte er Howard nicht völlig vom Haken lassen. »Eigentlich werde ich nichts sagen, wenn du mir bei etwas hilfst.«

»Was?«

Nachdem er und Howard die Details geklärt hatten, ging er in Richtung Einkaufszentrum. Er parkte in der Nähe der Bushaltestelle und wartete dann, da ihr Handy zeigte, dass sie noch drinnen war.

Er sah sie in dem Moment, in dem sie auftauchten und lächelnd auf die Bushaltestelle zusteuerten, während sie ihre Einkaufstüten schwenkten.

Ein Bus, der nicht kommen würde, da der Fahrer plötzlich eine SMS von der Zentrale erhielt, in der er aufgefordert wurde, sein Fahrzeug außer Betrieb zu setzen. Würde die Wartungsmannschaft nicht verwirrt sein, wenn er plötzlich auftauchte?

Nicht sein Problem.

Als Kylie ihr Handy überprüfte und die Stirn runzelte, hielt Gunner vor ihnen an. Er kurbelte sein Fenster herunter und fragte lässig: »Hey, soll ich euch nach Hause fahren?«

Er konnte sehen, dass Kylie Nein sagen wollte, aber es hatte leicht zu schneien begonnen, und der nächste Bus kam frühestens in dreißig Minuten. Aber was besiegelte die Sache?

Annabelle sprang mit ihren Tüten hinein und stieß einen erleichterten Seufzer aus, als sie sagte: »Danke, dass du uns gerettet hast! Ich habe mich nicht auf die stinkende Busfahrt nach Hause gefreut.«

KAPITEL DREIZEHN

Kylie glaubte nicht eine Minute lang, dass Gunner zufällig vorbeigefahren war. Das war ihrer Meinung nach ein zu großer Zufall. Aber Annabelle hatte kein Problem damit, sich auf den mittleren Sitz zu setzen, und ehrlich gesagt hatte Kylie keine Lust, wer weiß wie lange auf den nächsten Bus zu warten.

Der alte Pick-up hatte eine durchgehende Sitzbank, auf der drei Personen Platz fanden. Sie quetschte sich neben Annabelle und verstaute die Tüten zu ihren Füßen, da der Wagen keine Rückbank hatte.

Ihre Tochter kicherte, als sie feststellte: »Jetzt bin ich ein richtiges Squishy!«

»Aber viel süßer als das Spielzeug«, fügte Kylie hinzu.

»Na klar, ich bin supersüß«, antwortete Annabelle und strich sich durch die Haare.

Gunner lachte. »Du erinnerst mich so sehr an deine Mutter, als sie noch ein Kind war.«

»Annabelle ist aber viel klüger.« Kylie verbrachte die Zeit mit ihr mit Lesen und dem Lösen von Matheaufgaben, was ihre Eltern nie getan hatten.

Gunner fuhr von der Bordsteinkante weg. »Habt ihr schon zu Abend gegessen?«

»Nein, aber ich mache schnell etwas, wenn wir zu Hause sind«, antwortete Kylie sofort.

Annabelle zog die Mundwinkel nach unten. »Also Suppe. Igitt. Es ist kein Essen, wenn man es durch einen Strohhalm saugen kann.«

Bei dieser frechen Antwort biss Kylie sich auf die Unterlippe, aber Gunner lachte nur. »Ich nehme nicht an, dass ich euch überreden kann, einen Eimer mit knusprig gebratenem Hähnchen und Kartoffelkroketten mit mir zu teilen?«

»Das sollten wir wirklich nicht«, murmelte Kylie, aber Annabelle hüpfte auf und ab.

»Bitte, Mommy. Du weißt doch, dass ich knuspriges Hähnchen liebe!«

Wenn es nur um sie gegangen wäre, hätte sie aus Trotz abgelehnt, aber sie würde nicht zulassen, dass ihre Verärgerung über Gunner das Lächeln ihrer Tochter verdarb. »Ich schätze schon. Aber nur, wenn du versprichst, ein paar Bissen Krautsalat zu essen.« Das zählte doch als Gemüse, oder?

»Juhu!« Gesungen nicht nur von Annabelle, sondern auch von Gunner.

Sie fuhren zu einem Drive-in, wo es eine kleine Schlange gab, aber das störte die beiden neuen besten Freunde nicht, denn sie diskutierten über die Vorzüge der verschiedenen Hähnchen-Restaurantketten.

Gunner bezahlte das Essen und Kylie wusste es besser, als ihm Hilfe anzubieten. Er blieb in dieser Hinsicht ein Alphamännchen, und außerdem hatte sie heute schon genug ausgegeben. Sie hatte vorgegeben, auf die Toilette zu gehen, während Annabelle ihren mit Zimt bestreuten, frisch gebackenen Donut aß, und war in einen Laden gelaufen, um das neueste Videospiel zu kaufen. Sie hoffte nur, dass Howard ihr nicht dasselbe besorgt hatte. Andererseits kümmerte er sich selten um Geschenke und überließ diese Einkäufe meist Kylie. Sie fragte sich, ob seine neue Freundin ihm half oder ob er allein einkaufen musste.

Das Essen roch wirklich sehr gut, und die Fahrt nach Hause war zum Glück kurz, da sie direkt dorthin fahren konnten, anstatt zig Stationen mit dem Bus zu machen. Ihr Haus sah weihnachtlich aus, mit dem leichten Schneefall und den blinkenden Lichtern.

Als sie eintraten, warnte Gunner: »Ich habe den Flur frisch gestrichen, also seid vorsichtig, wenn ihr die Wände anfasst. Sie könnten noch klebrig sein.«

Sie warf ihm über Annabelles Kopf hinweg einen

verärgerten Blick zu. So viel dazu, dass er auf sie hörte, als sie sagte, er solle weggehen.

Er zuckte mit den Schultern und grinste völlig reuelos.

Annabelle schien das überhaupt nicht zu stören, denn sie klatschte in die Hände. »Dieses Haus sieht immer mehr wie ein Zuhause aus. Ich kann es kaum erwarten, bis wir das Wohnzimmer machen und diese hässlichen Vorhänge loswerden.«

Diese hässlichen Vorhänge hatten mehrere Wäschen gebraucht, um sie von dem Nikotingeruch zu befreien. Aber Annabelle hatte nicht ganz unrecht. Sie stellte sich die weißen Wände mit ein paar schönen dünnen Vorhängen vor, vielleicht in einem hellen Blau. Das würde gut zu der marineblauen Couch passen, die sie sich bei ihrem Einzug gegönnt hatte, weil das alte karierte Ding nicht nur stank, sondern sie auch zu sehr an ihre Mutter erinnerte.

Als Annabelle ihr Essen in die Küche trug, trat Kylie nahe genug an Gunner heran, um zu zischen: »Ich habe dir gesagt, du sollst dich fernhalten.«

»Und ich habe dir gesagt, dass ich dieses Mal nicht weglaufe.«

»Es ist kein Weglaufen, wenn ich dich rausschmeiße.«

»Du hast gesagt, ich soll ehrlich sein, also war ich es.«

»Über dein Kriegstrauma. Nicht über die Tatsache, dass du im Grunde ein Krimineller bist.«

»Ich versichere dir, dass mich niemand für irgendetwas verhaften wird, was ich getan habe.«

Sie funkelte ihn an. »Soll ich mich jetzt besser fühlen?«

»Deinem Tonfall und deiner Mimik nach zu urteilen wohl nicht.«

Sie stieß ihn mit dem Finger in die Brust. »Ich werde nicht zulassen, dass du mein Kind in Gefahr bringst.«

»Und du kennst mich offensichtlich nicht sehr gut, wenn du glaubst, dass ich jemals zulassen würde, dass einer von euch beiden etwas zustößt.«

Sie hätte noch mehr sagen können, aber Annabelle rief aus der Küche: »Kommt ihr zum Essen? Ich habe nämlich solchen Hunger, dass vielleicht keine Reste mehr übrig bleiben.«

»Wir kommen«, antwortete er.

Wir. Er redete und tat weiter so, als sei es nur eine Meinungsverschiedenheit. Sprach weiter, als würde er nicht nachgeben.

Am liebsten hätte sie ihm eine runtergehauen und ihn vor die Tür gesetzt. Gleichzeitig trug die Tatsache, dass er sich zu gehen weigerte, viel dazu bei, ihre Verärgerung zu lindern. Hatte sie wirklich erwartet, dass ein Mann, der für sein Land gekämpft hatte, als derselbe zurückkommen würde? Er hatte schon immer eine starke, altruistische Ader gehabt. War es so verrückt, sich vorzustellen, dass er vielleicht nicht der Typ Mensch war, der sich zurücklehnte, wenn er sah, dass etwas Unrechtes geschah?

Sie las fast jeden Tag in den Nachrichten über Ungerechtigkeiten und darüber, wie das Gesetz nicht schützte. Machte es ihn zu einem schlechten Menschen, weil er sich nicht damit begnügte, das Böse unkontrolliert laufen zu lassen?

Das Abendessen erwies sich als angenehm, auch wenn Kylie nicht allzu viel sagte. Das brauchte sie auch nicht, denn sie betrachtete ihre Tochter und Gunner, die sich verstanden, als würden sie sich schon ewig kennen. Für ein Kind, das nicht seines war, teilten sie viele Eigenschaften, die über die Vorliebe für Eiscreme und knuspriges Hähnchen hinausgingen.

Keine Soße, nur Ketchup zum Dippen. Die Klopf-Klopf-Witze, die sie austauschten, waren ein Augenrollen wert. Sie boten sich sogar an, gemeinsam aufzuräumen, wobei Annabelle abwusch, während er abtrocknete, und plauderten mit einer Leichtigkeit, um die Kylie sie beneidete.

Annabelle brachte keinen Ballast und keine Verletzungen mit in die Gleichung ein. Sie sah und mochte Gunner so, wie er war. Oder zumindest wie er zu sein schien.

Aber er hatte immer noch Geheimnisse, was

bedeutete, dass er ihr gegenüber nicht ganz ehrlich gewesen war. Die Frage war nur, welcher Art? Sie dachte gern, dass sie ehrlich zu ihm gewesen war, aber gleichzeitig hatte sie auch einiges von sich selbst zurückgehalten.

Zum Beispiel die Tatsache, dass sie anfangs mit Howard glücklich gewesen war. Er war während ihrer Schwangerschaft zuvorkommend gewesen. Er war zwar kein sehr hilfreicher Vater mit einem Neugeborenen, aber er hatte jemanden eingestellt, der sich um das Kochen und Putzen kümmerte, bis Kylie darauf bestand, es selbst zu übernehmen, als Annabelle über das extrem bedürftige Stadium der Babyzeit hinausgewachsen war. Er hatte sie zu Verabredungen ausgeführt. Vergaß nie ihren Geburtstag oder Jahrestag. Er kaufte ihr schöne Geschenke. Er ging nicht fremd.

Dennoch liebte sie ihn nie wirklich, und mit der Zeit spürte er das. Zumindest nahm sie das an, da er sich in ihrer Gegenwart veränderte. Er wurde kritischer. Weniger aufmerksam. Der Sex wechselte von selten bis gar nicht mehr vorkommend. Nicht weil er ihn nicht wollte, sondern weil sie kein Verlangen mehr nach ihm hatte.

In vielerlei Hinsicht war die Scheidung nicht seine Schuld gewesen, sondern ihre, weil sie mehr von einer Beziehung wollte. Nein, das war nicht korrekt. Sie wollte jemand anderen. Die Person, die sie früher ganz gemacht hatte.

Und jetzt stand er in ihrer Küche und schnippte Seifenlauge in Annabelles Richtung, die lachte und ihn mit ihrem Handtuch zu treffen versuchte. Ein Mädchen, das seinen Vater liebte, aber genügend Zuneigung hatte, um einen anderen zu akzeptieren.

Die Frage war, ob Kylie das konnte. Sie hatte unter anderem deshalb versucht, Gunners Weggehen zu erreichen, weil er ihr eine bequeme Ausrede lieferte. Und sie hatte sich darauf gestürzt, daran festgeklammert und eine große Sache daraus gemacht, weil sie tief im Inneren Angst hatte, dass er ihr wieder wehtun würde.

Was würde passieren, wenn sie sich erlaubte, ihn zu lieben? Eine Liebe, die nie wirklich erloschen war. Was, wenn sie sich in eine Beziehung mit ihm stürzte und er sie verließ?

Ich würde es überleben. Immerhin hatte sie es schon einmal getan. Es tat weh. Es war verheerend. Aber die Welt ging nicht unter. Sie drehte sich weiter und wurde einfach anders.

»Deine Mutter sieht viel zu ernst aus«, neckte Gunner, als er das Wohnzimmer betrat, Squishy auf den Fersen.

»Das ist ihr *Ich-treffe-wichtige-Entscheidungen-*Gesicht«, vertraute Annabelle ihm an.

»Haha, ihr zwei.« Kylie milderte ihre Erwiderung mit einem Lächeln ab. »Ich habe mir nur gedacht, dass Gunner bei diesem schrecklichen Wetter vielleicht die Nacht hier verbringen sollte.« Der Schnee, der draußen fiel, war dichter geworden, aber das war nur eine bequeme Ausrede. Sie wollte nicht, dass er ging.

Seine Kinnlade fiel vor Überraschung herunter, aber er erholte sich schnell und grinste. »Das wäre großartig. Ich könnte mich an die Arbeit machen und noch mehr streichen.«

»Oder du könntest bis morgen früh warten und mit uns einen Film ansehen. Das vorweihnachtliche Special heute Abend ist ...« Sie warf einen Blick auf Annabelle, die von einem Ohr zum anderen strahlte.

»*Nightmare Before Christmas*.«

Er hob die Augenbrauen. »Sag bloß, deine Mutter hat dich davon überzeugt, dass es ein Weihnachtsfilm ist?«

»Da gibt es den Weihnachtsmann und Geschenke«, antwortete Kylie frech. Als Kinder hatten sie sich jedes Jahr darüber gestritten. Aber jedes Jahr hatte er ihn sich mit ihr angesehen.

»Na schön. Aber nur damit du es weißt, ich erwarte, dass Hans Gruber noch vor dem ersten Weihnachtsfeiertag vom Nakatomi-Gebäude fällt.«

»Oh Gott, nein«, stöhnte Kylie.

Annabelle hingegen kicherte. »Jetzt klingst du wie mein Vater. Wir sehen uns den Film jeden Heiligabend an.«

»Klingt, als hätte dein Vater einen guten Geschmack.« Gunners Blick traf den ihren über Annabelles Kopf hinweg.

Sie konnte ihn nicht halten und senkte das Kinn. »Also gut, ihr zwei, fangen wir mit dem Filmmarathon an. Ich würde gern noch *Santa Claus und der Schneemann* einschieben, nachdem Jack den Tag gerettet hat.«

»Gerettet? Ha. Es ist seine Schuld, dass Weihnachten fast ruiniert wird«, beharrte Gunner.

»Aber nur, weil er missverstanden wird«, argumentierte Kylie.

Daraufhin mischte Annabelle sich ein: »Pst, es geht los.«

Obwohl Annabelle zwischen ihnen saß, wurde es ein intimer Abend. Jedes Mal wenn Kylie zufällig zur Seite schaute, begegnete Gunner ihrem Blick.

Gegen zweiundzwanzig Uhr schickte Kylie Annabelle ins Bett, während er auf der Couch sitzen blieb. Als sie zurückkam, fand sie ihn mit grimmigem Blick am Fenster vor.

»Stimmt etwas nicht?«, fragte sie.

»Nein, aber ich muss dir etwas sagen.«

»Oh.«

»Heute Nachmittag, als du weg warst, kamen ein paar Schläger zu deinem Haus.«

Sie blinzelte. Das war nicht das, was sie erwartet hatte. »Wie bitte?«

»Mach dir keine Sorgen. Ich habe sie weggeschickt.«

»Du hast versprochen, uns nicht in Gefahr zu

bringen«, zischte sie und bereute plötzlich ihre Einladung, ihn bleiben zu lassen.

»Sie waren nicht meinetwegen hier, und ich habe mit mir gerungen, ob ich es dir sagen soll, zumal ich irgendwie geschworen hatte, es nicht zu tun. Aber um der Ehrlichkeit willen und damit du wachsam bist, solltest du es wissen.«

»Willst du damit sagen, dass sie meinetwegen hier waren?« Sie konnte sich nicht erklären warum.

»Nicht deinetwegen. Dein Ex hat sich beim Glücksspiel in Schwierigkeiten gebracht.«

»Das kann nicht stimmen. Howard spielt nicht.«

»Aus gutem Grund, denn er ist ein schlechter Spieler. Anscheinend schuldet er zwielichtigen Gestalten eine ordentliche Summe Geld.«

»Und die kamen hierher und wollten es von mir haben?«, quiekte sie.

Er nickte. »Mach dir keine Sorgen. Ich habe mich darum gekümmert und ihnen klargemacht, dass sie weder dich noch Annabelle belästigen sollen.«

»Was ist mit Howard?«

Er zuckte mit den Schultern. »Der Mann schuldet ihnen Geld. Ich konnte nur mit Keeler reden und ihm erzählen, was passiert ist.«

»Warte, du warst bei Howard?«

»Ja. Was denkst du, woher ich von den Schulden weiß? Jedenfalls hat er gesagt, er kümmert sich darum, aber ich dachte, du solltest es wissen, falls diese Schläger wieder auftauchen.

Wenn ich nicht da bin, geh nicht an die Tür und ruf mich sofort an.«

»Sollte ich nicht den Notruf wählen?«

»Ich werde schneller sein.«

Sie umarmte sich selbst, während sie auf und ab ging. »Glaubst du, sie kommen zurück?«

»Das wäre dumm, denn ich habe sie sehr deutlich gewarnt.«

Sie hielt inne, um ihn anzusehen. »Möchte ich wissen, was das bedeutet?«

»Wahrscheinlich nicht.«

Sie stieß einen schweren Atemzug aus. »Ernsthaft? Als müsste ich mich nicht schon mit genügend Dingen herumschlagen.«

»Dir und Annabelle wird nichts passieren.«

Sie schloss die Augen, während sie versuchte, sich nicht vorzustellen, was hätte passieren können, wenn sie stattdessen zu Hause gewesen wäre. Hätten diese Raufbolde sie als Geisel gegen Howard eingesetzt? Oder gab es so etwas nur in Filmen?

»Ich werde Howard selbst umbringen«, brummte sie.

»Nein, das wirst du nicht, denn du solltest es nicht wissen. Ich habe geschworen, es dir nicht zu sagen.«

»Das ist doch nicht dein Ernst?« Sie warf ihm einen Blick zu.

»Gib ihm eine Chance, es in Ordnung zu bringen.«

»Du stellst dich auf seine Seite?«

»Nein, aber seien wir mal ehrlich, was bringt es, ihn deswegen zu konfrontieren? Es ist fast Weihnachten. Du willst doch sicher nicht, dass Annabelle mitten in einem Streit festsitzt.«

Sie schürzte die Lippen. Er hatte nicht ganz unrecht. Aber das hieß nicht, dass sie es vergessen würde. Wenn Howard wieder seine Tricks mit dem Sorgerecht abzog, würde sie es benutzen. »Gibt es sonst noch etwas, das ich wissen sollte?« Eine säuerliche Frage.

»Nun, ich wollte eigentlich damit warten, dir das zu sagen, aber im Zuge der Ehrlichkeit gibt es noch ein großes Geheimnis. Ich bin ein Werwolf.«

Sie schnaubte. »Jetzt ist nicht der richtige Zeitpunkt für Scherze.«

»Kein Scherz.« Er seufzte. »Weißt du noch, wie ich sagte, dass ich verändert vom Militär zurückkam? Das liegt daran, dass ich als Gefangener von einem Lykaner gebissen wurde, wie sich Werwölfe gern nennen. Dieser Biss hat mich in einen verwandelt. Deshalb kann ich keine Kinder zeugen. Deshalb habe ich mich zehn Jahre lang wie ein Jammerlappen zurückgezogen.«

Sie starrte ihn an. »Das ist nicht lustig.«

»Nein, das ist es nicht, aber es ist die Wahrheit. Und nichts, was du irgendjemandem erzählen kannst. Die Cabal haben diesbezüglich sehr strenge Regeln.«

»Die Cabal?«

»Die Gruppe, welche die Lykaner auf der ganzen Welt regiert.«

»Weil es so viele Werwölfe gibt, dass sie eine Gruppe brauchen, die sie im Zaum hält, beziehungsweise an der Leine?« Sie stieß ein kurzes Lachen aus. »Wow. Ich kann verstehen, warum das Militär dich entlassen hat, wenn du herumläufst und behauptest, ein Werwolf zu sein.«

»Es ist die Wahrheit«, beharrte er.

»Dann zeig es mir.«

»Das kann ich nicht, nicht ohne Vollmond.«

Das entlockte ihr ein weiteres Schnauben. »Na klar. Du willst mir also sagen, dass du dich am ersten Weihnachtstag plötzlich in eine heulende, haarige Bestie verwandeln wirst? Und was dann? Wirst du mich zerfleischen? Wirst du den Nachbarn fressen?«

»Jetzt übertreibst du. Ja, ich jage manchmal in dieser Gestalt, aber Dinge wie Kaninchen oder Rehe.«

Sie rieb sich das Gesicht. »Ich bin zu müde, um mit dir Spielchen zu spielen, Gunner.«

»Du hast mich gefragt, was ich zu verbergen habe. Das ist es. Das ist mein Geheimnis. Der Grund, warum ich nicht zurückkam. Ich dachte, wenn du es wüsstest, würdest du mich hassen. Mich für ein Monster halten.«

Sie sah ihn an, einen Mann mit Stoppeln am

Kinn, der völlig ernst und attraktiv aussah, völlig wahnhaft, aber nicht durch eigene Schuld. Seine Erfahrungen beim Militär hatten ihn verändert. Aber der gute Mann, den sie kannte, war geblieben. Ein Mann, der Verständnis und Mitgefühl brauchte – und einen Psychiater.

Sie reichte ihm die Hand. »Lass uns ins Bett gehen.«

»Willst du keine Fragen stellen?«

»Nicht heute Abend. Wie wäre es, wenn ich sie mir für nach dem Vollmond aufhebe?«

Seine Lippen zuckten. »Du glaubst mir nicht.«

»Ich glaube, dass du es glaubst.«

Er schüttelte den Kopf. »Okay. Aber du sollst wissen, dass ich versucht habe, dich zu warnen.«

»Zur Kenntnis genommen. Und jetzt, Bett? Wir haben morgen einen anstrengenden Tag vor uns.«

»Oh? Was machen wir denn?«

»Wir werden den größten Schneemann überhaupt bauen, gefolgt von einer Schneefestung, während wir heiße Schokolade mit Matschmallows trinken –«

»Matschmallows?«

»Ich werde es Annabelle erklären lassen.«

»Was ist mit dem Streichen der Wände?«

»Heb dir das auf, wenn Annabelle bei ihrem Vater ist.« Sie ergriff seine Hand, ein Teil von ihr besorgt, dass sie die falsche Entscheidung traf, aber ein größerer Teil von ihr wollte diese Chance mit dem Mann nutzen, den sie immer geliebt hatte.

»Ich liebe dich, Lily.«

Sie warf einen koketten Blick über die Schulter, als sie antwortete: »Zeig es mir.«

Er verschwendete keine Zeit. Er trug sie die Treppe hinauf zum großen Schlafzimmer und schloss leise die Tür, eine Erinnerung daran, dass sie heute Nacht nicht allein waren.

Dass sie leise sein mussten, verlieh ihrem Liebesspiel einen Hauch des Verbotenen. Er war leidenschaftlich und aufmerksam. Sie versuchte, nicht zu schreien, indem sie sich die Faust vor den Mund hielt. Als sein Körper den ihren bedeckte und er in sie stieß, klammerte sie sich mit den Lippen an das Fleisch seiner Schulter, um ihr Keuchen zu unterdrücken. Als sie kam, biss sie ihn versehentlich. Er stöhnte und erstarrte in ihr, sein Schaft pulsierte, sein Körper zitterte.

Und als er ihr in die Augen sah, lächelte er und murmelte: »Ich bin so glücklich, dass du mir gehörst.«

Sie zog ihn für einen Kuss zu sich herunter, und als es Zeit für Orgasmus Nummer zwei war, war er derjenige, der sich nicht zurückhalten konnte und sie biss.

Sie schliefen ineinander verschlungen. Sie ließen den Schmerz hinter sich, kamen der Wahrheit näher und wurden dadurch stärker.

Als Kylie am nächsten Morgen von ihrer Tochter im Flur erwischt wurde, nur mit ihrem Pullover bekleidet, weil sie keine Kleidung im Zimmer hatte, lächelte sie, als Annabelle sagte: »Ich bin froh, dass du und Gunner euch versöhnt habt.«

Ich auch.

KAPITEL VIERZEHN

Gunner konnte nicht glauben, wie gut die letzte Nacht gelaufen war. Er hatte Kylie die Wahrheit gesagt, und obwohl er sehen konnte, dass sie ihm nicht glaubte, hatte sie sich weder abgewandt noch ihn hinausgeworfen. Er konnte ihre Skepsis verstehen, aber bald würde sie seinen Wolf treffen, was der wahre Test wäre.

Er musste zugeben, dass er nervös war. Was, wenn es zu viel für sie war? Was, wenn sie ihn nie wieder mit Liebe in den Augen ansah?

Vielleicht würde er sich nie davon erholen. Aber er würde damit fertigwerden, falls es passierte. *Falls* war das Schlüsselwort. Ein Jahrzehnt lang hatte er sich selbst fertiggemacht, weil er überzeugt war, dass ihn niemand lieben könnte. Es war schwer, diese Angst loszulassen, aber wenn es gut lief, bedeutete die Belohnung eine Frau, die er immer geliebt hatte, und eine Tochter.

Verdammt, er hoffte, dass die Wahrheit nicht alles ruinieren würde, denn jetzt, da er Zugehörigkeit gespürt hatte, wollte er sie mehr denn je.

Er kümmerte sich um den Speck für das Frühstück, während Annabelle die Pfannkuchen machte. Kylie war für Kaffee und Schlagsahne zuständig. Alles, um sie auf den Schneetag vorzubereiten, der damit begann, dass er mit Hilfe den Gehweg freiräumte. Annabelle schnappte sich eine zweite Schaufel und gemeinsam arbeiteten sie daran, während Kylie mit Schneebällen warf, bis sie sich gegen sie verbündeten. Dann war es Zeit für den Schneemann, und Annabelle kicherte wie verrückt, als Gunner die Stockarme mit Schnee vergrößerte, um Muskeln zu simulieren. Kylie stellte einen Holzlöffel als Nase zur Verfügung.

Die Festung bestand am Ende eher aus zwei Gräben, hinter denen sie sich versteckten, um eine Schneeballschlacht zu veranstalten. Dann vertrieben sie die Kälte mit heißer Schokolade, auf der Matschmallows schwammen, was er für einen viel besseren Namen hielt.

Es war der perfekteste Tag aller Zeiten.

Später am Nachmittag erhielt er einen Anruf von einer unbekannten Nummer. Er ging ran, vor allem weil er es liebte, Betrüger zu verarschen. Die Mädchen waren damit beschäftigt, in irgendeinem

Videospiel einen Straßenkampf auszutragen, wobei Kylie die Knöpfe fast platt drückte und jedes Mal jubelte, wenn sie Annabelles Kämpfer mit dem Bullenkopf plattmachte.

Er trat in die Küche, als er antwortete. »Ja.«

»Frohe fast Weihnachten«, rief Quinn.

Das war eine Überraschung. »Was ist los mit dir und Brock, dass ihr in letzter Zeit am Telefon so gesprächig seid?«, brummte er gutmütig.

»Es kam mir in den Sinn, dass ich den Kontakt besser hätte halten sollen. Also, hey. Wie läuft's denn so?«

Ein Blick ins Wohnzimmer verleitete ihn zu einer ehrlichen Antwort. »Gut, wirklich gut. Und dir?«

»Ging mir nie besser.«

»Seid du und der Doc irgendwo in Sicherheit?«, fragte er. Als er Quinn und Dr. Erryn Silver das letzte Mal in Rumänien gesehen hatte, mussten sie fliehen und untertauchen, weil die Cabal sie zum Verhör holen wollten. Auch bekannt als das *Loswerden ungelöster Dinge*.

»Nicht nötig. Nicht mehr, seit Brock dem Team beigetreten ist. Jetzt, da Dmitri weg und die Wahrheit ans Licht gekommen ist, werden wir nicht mehr gejagt«, erklärte Quinn.

»Verdammt, das ist großartig, Bruder.« Gunner freute sich für seinen Freund.

»Was du nicht sagst. Das bedeutet, dass die

Nachforschungen, die der Doc anstellt, nicht begraben werden. Eine gute Sache, denn es ist sehr aufschlussreich.«

»Habt ihr schon herausgefunden, warum Sascha so an den geborenen Lykanerinnen interessiert war?« Der verrückte Wissenschaftler hatte sie entführt und für seine Experimente benutzt.

»So langsam. Der Doc wusste bereits, dass es etwas in ihrem Speichel gibt, das den Lykaner auch ohne Vollmond hervorbringt. Es kann sogar Menschen verwandeln, wenn die Konzentration hoch genug ist, was den alten Freund von ihr erklärt, der sich verwandelt und sie zerfleischt hat.«

Gunner pfiff. »Verdammt, das ist heftig. Kein Wunder, dass die Cabal sie unter Verschluss halten wollten.«

»Das ist noch nicht mal die Hälfte, Bruder. In meinem Fall, da wir gepaart sind, machen mich ihre Küsse buchstäblich stärker. Ich bräuchte nur einen Umhang und könnte ein Superheld sein.«

»Kein Umhang.«

»Du und Doc, ihr verderbt mir den ganzen Spaß«, brummte Quinn.

»Damit habe ich kein Problem«, war Gunners trockene Antwort.

»Dann ist da noch ihr Blut, das eine Verwandlung rückgängig macht, was nützlich sein wird, wenn wir einen Weg finden, es zu synthetisieren. Das würde bedeuten, dass wir uns keine Sorgen mehr über Verwandlungen bei Vollmond machen müssten. Möglicherweise gibt es sogar eines Tages ein Heilmittel. Nicht dass ich das wollen würde, aber ich dachte, das würde dich interessieren.«

Es gab eine Zeit, in der Gunner alles getan hätte, um kein Lykaner zu sein. Und jetzt? »Wir werden sehen. Das Leben ist zurzeit ziemlich gut.«

»Freut mich zu hören, Bruder, und ich hasse, was ich als Nächstes zu sagen habe.«

Sein Magen krampfte sich zusammen. »Was ist los?«

»Ich weiß aus zuverlässiger Quelle, dass Joella nach dir sucht.«

»Ich weiß.«

»Hast du sie gesehen?«

»Nicht direkt.« Er erzählte Quinn, was bis jetzt passiert war, und sein Freund pfiff.

»Sei vorsichtig. Wir wissen nicht, wozu sie fähig ist. Wir sind davon ausgegangen, dass Saschas beschissene Experimente mit seinem Tod aufhörten, aber er könnte genauso gut irgendwo anders noch mehr geheime Labore und Verstecke mit Monstern haben.«

»Scheiße, daran habe ich gar nicht gedacht.« Er rieb sich das Gesicht.

»Tu mir einen Gefallen und warte ab. Wenn der Schnee nicht wäre, wäre ich schon längst da.«

»Warte, du kommst hierher?« Er konnte seine Überraschung nicht unterdrücken.

»Ja, ich wollte dich überraschen, aber da unser Flug gestrichen wurde, bin ich mir nicht sicher, wann wir es schaffen werden.«

»Kumpel.« Mehr konnte er nicht sagen, da ihm sich die Kehle zuschnürte.

»Tu mir einen Gefallen und halte dich aus Ärger raus, bis wir da sind.«

»Silver kommt mit dir?«

»Und Brock. Du wirst seine Vampirprinzessin kennenlernen.«

»Scheiße. Ihr seid wirklich besorgt.«

Quinn senkte seine Stimme zu einem ernsten Tonfall. »Wir haben schon einmal versagt, für dich da zu sein. Das wird nicht noch mal passieren.«

Er legte mit einem Gefühl der inneren Enge auf. Kylie näherte sich und legte eine Hand auf ihn. »Geht es dir gut, Gus?«

»Ja.« Er flüsterte das Wort. »Endlich habe ich das Gefühl, dass alles wieder gut wird.«

In dem Moment, in dem er es sagte, wollte er es wieder zurücknehmen. So viel dazu, es zu verhexen.

Kylie schlang die Arme um ihn. »Das hoffe ich sehr.«

Der Rest des Tages verlief gut. Sie aßen Tacos zum Abendessen und sahen sich dann *Frosty* an, den Original-Zeichentrickfilmklassiker, in dem auch gesungen wurde. Wenn seine Armeekameraden das gesehen hätten, hätten sie ihn ausgelacht und aufgezogen.

Als Annabelle ins Bett ging, half er Kylie beim Einpacken der Geschenke für das Mädchen und erzählte ihr, dass er vorhatte, Schlittschuhe und einen Schlitten zu besorgen.

Offenbar war das ein Zeichen für leidenschaftlichen Sex, denn sie attackierte ihn auf dem Wohnzimmerboden. Nicht dass er sich beschwert hätte.

Howards Ankunft am nächsten Morgen konnte sein Glücksgefühl nicht trüben. Wie sollte es auch? Er hatte die Nacht in Kylies Armen verbracht.

Was störte ihn? Der traurige Ausdruck auf ihrem Gesicht, als sie von der Tür aus beobachtete, wie Annabelle mit ihrem Vater abreiste, um Weihnachten bei seinen Eltern zu verbringen.

Gunner legte einen Arm um ihre Schultern. Sie drehte sich zu ihm um und er hielt sie fest, während sie weinte.

Aber nicht lange. Bald wischte sie sich über die Augen und sagte heiser: »Was hältst du davon, wenn wir uns beim Streichen schmutzig machen, damit wir eine Ausrede zum Duschen haben?«

Scheiße, ja.

Er tat sein Bestes, um sie bei Laune zu halten, indem er Weihnachtslieder spielte, während sie jede von ihm vorbereitete Wand, einschließlich des Schlafzimmers, mit einem weißen Anstrich versahen. Sie verzehrten bei Kerzenlicht chinesisches Essen mit Wein, den er gekauft hatte.

Als sie sich an ihn kuschelte und den Kamin-

Kanal im Fernsehen anschaute, murmelte sie: »Morgen ist der große Tag.«

Er dachte, sie meinte Weihnachten, und antwortete: »Keine Geschenke für dich vor morgen früh.«

Sie schnaubte. »Ich bin ein bisschen zu alt, um mich dafür zu interessieren. Ich meinte die Wolfsache. Du hast gesagt, das passiert bei Vollmond.«

»Stimmt. Da ich kein Alpha bin, muss das Mondlicht meine Haut berühren. Je mehr Haut ihm ausgesetzt ist, desto schneller ist die Verwandlung.«

»Was geschieht, wenn du in der Öffentlichkeit bist und es passiert?«

»Zum einen wissen Lykaner es besser, als bei Vollmond weit von einem sicheren Ort entfernt zu sein.«

»Ein sicherer Ort ist ...«

»Manche ziehen die Vorhänge und Jalousien zu oder schließen sich in einem fensterlosen Raum ein, um es zu vermeiden. Eisenhut kann auch helfen, aber wegen seiner giftigen Eigenschaften ist er nicht zu empfehlen.«

»Also platzt du aus deinen Kleidern, wenn es passiert? Tut es weh?«

»Ich ziehe mich vorher aus. Normalerweise suche ich mir einen Platz in der Nähe eines Waldes. Irgendwo, wo ein Wolf nicht fehl am Platz wirkt.«

»Hast du keine Angst vor Jägern?« Sie stellte ernste Fragen.

»Doch. Kugeln tun weh.«

»Ich dachte, nur Silber tötet einen Werwolf?«

»Nein, jede Art von Kugel in den Kopf oder durch das Herz tut es. Aber ich möchte anmerken, dass wir zäher sind als die meisten. Wir heilen schneller. Wir sind auch stärker, mit geschärften Sinnen.«

»Oh?« Sie neigte den Kopf, um sein Gesicht zu sehen. »Du bist also so etwas wie ein Superheld.«

Er schnaubte. »Nein. Nur ein Typ, der sich bei Vollmond in einen Wolf verwandelt.«

»Der sich um die bösen Jungs kümmert.«

»Auch das ist nicht ganz richtig. Ich habe Sascha und seine Bande verfolgt, weil sie Lykanern wie mir Schaden zugefügt haben. Wenn du dir Sorgen machst, dass ich durch die Straßen der Stadt streife, um Verbrecher zu beseitigen, musst du das nicht. Ich habe nicht vor, Aufmerksamkeit auf mich zu lenken.«

»Aber was ist, wenn diese Joella hinter dir her ist?«

»Dann kümmere ich mich darum.«

»Willst du ihr das Gesicht abreißen?«, scherzte sie und trank ihren Wein.

»Nur wenn sie so dumm ist, mich bei Vollmond anzugreifen.«

Sie klang völlig nüchtern, als sie sagte: »Du glaubst das wirklich alles, oder?«

»So verrückt es klingt, es ist wahr. Ich hoffe nur, dass du mich immer noch genauso ansiehst, wenn du es erkannt hast.«

Sie setzte sich rittlings auf seinen Schoß. »Ich liebe dich. Auch wenn du denkst, dass du ein Werwolf bist.« Ihre Lippen zuckten, als sie seinen Schwanz packte und sagte: »Bereit zu heulen?«

Er tat mehr als heulen, als sie ihn ritt, den Kopf nach hinten gelegt, die Hüften in kreisenden Bewegungen, während sie das Tempo vorgab.

Schließlich schafften sie es ins Bett, und als sie am nächsten Morgen aufwachten, murmelte er: »Frohe Weihnachten, Lily.«

Das erste von vielen, wie er hoffte.

KAPITEL FÜNFZEHN

Es war Weihnachtsmorgen und Kylie wollte nicht aufstehen, nicht mit so schwerem Herzen. Der liebe Gunner, er versuchte es. Er bestand darauf, dass sie im Bett blieb, und brachte ihr Frühstück: ein Omelett mit Schinken und Käse, Kaffee mit Baileys Irish Cream und frisch geschnittenes Obst.

Er ließ ihr ein heißes Bad mit Seifenblasen ein. Als sie Sex anstieß, machte er alles zu ihrem Vergnügen und leckte sie so lange, bis sie zweimal kam.

Schließlich konnte sie die reale Welt nicht länger meiden und ging nach unten. Sofort sah sie den Baum mit Annabelles Geschenken darunter. Sie konnte sich ein Schniefen nicht verkneifen.

Gunner legte einen Arm um ihre Schultern. »Nicht weinen, Lily. Ich weiß, es ist schwer. Vielleicht kann ich dir helfen. Setz dich.« Er führte sie sanft zur Couch. »Warum machst du deine Geschenke nicht auf?«

»Aber ich habe dir nichts besorgt«, jammerte sie. Wegen des knappen Budgets und ihres Streits hatte sie nicht damit gerechnet, den Weihnachtsmorgen mit ihm zu verbringen.

»Du hast mir das Einzige gegeben, was ich je wollte. Eine zweite Chance.«

Sie blinzelte die Tränen zurück. »Du bist zu nett.«

»Ich muss wohl eher zehn Jahre aufholen, in denen ich dich nicht verwöhnt habe«, antwortete er grinsend. »Und jetzt mach dich bereit, etwas Papier zu zerreißen.«

Es begann mit einer Schachtel gefüllter Pralinen, gefolgt von einem seidenen Pyjama-Set. Doch der Briefumschlag, den er ihr reichte, machte sie stutzig.

Sie musterte das Papier, dann ihn. »Was ist das?«

»Mach ihn auf und sieh nach.«

Sie riss ihn auf und starrte auf die Pläne, die er ausgedruckt hatte. Sie musste den Titel zweimal lesen, bevor ihr die Kinnlade herunterfiel. »Ist das ein Bauplan für ein Baumhaus?«

»Ja. Unser besonderer Baum ist größer geworden, seit ich das letzte gebaut habe, und mir ist in den Sinn gekommen, dass Annabelle gern –«

Er beendete seinen Satz nicht, denn sie warf sich

ihm an den Hals. »Danke. Danke. Danke.« Sie erdrückte ihn mit Küssen, und er lachte.

»Ich habe es noch nicht einmal gebaut.«

»Das ist mir egal. Ich liebe es. Ich liebe dich!« Die Tatsache, dass er überhaupt daran gedacht hatte, hob ihre Stimmung.

»Glaubst du, es wird ihr gefallen?« Er klang tatsächlich besorgt.

»Machst du Witze?«, rief Kylie aus. »Sie hat ein paar übrig gebliebene Bretter im Baum gesehen und wollte nicht aufhören, mich danach zu fragen. Sie wird überglücklich sein.«

»Klasse. Wir werden natürlich nicht vor dem Frühjahr bauen können, aber ich dachte mir, so haben wir Zeit, es ihrer Persönlichkeit anzupassen.«

»Hat dir schon mal jemand gesagt, wie fantastisch du bist?«

Er verzog den Mund. »Fantastisch wäre gewesen, wenn ich vor zehn Jahren meinen Mann gestanden hätte, aber wenn ich es getan hätte, hätten wir andererseits kein fantastisches Kind.«

So gesehen war es schwer zu bedauern, wie das Leben sich entwickelt hatte, denn sie würde ihre Squishy für nichts auf der Welt eintauschen.

Da Kylie nichts hatte, was sie Gunner geben konnte, gab sie ihm das Einzige, was sie konnte. Einen epischen Blowjob, der ihn nach Luft schnappen ließ.

Um die Mittagszeit tippte er ihr auf den Hintern und sagte: »Zieh dich an.«

»Warum?«, stöhnte sie. Sie genoss es, wie er sie unentwegt anstarrte, während sie in seinem Hemd und sonst nichts herumlief.

»Vertrau mir. Ich habe eine Überraschung für dich.«

Offenbar waren es nicht die Nachos, die er aus den Resten des Taco-Abends gezaubert hatte. Als es auf dreizehn Uhr zuging, schaute er immer wieder auf die Uhr.

»Erwartest du jemanden?«, fragte sie.

»Jup.« Er drehte den Kopf, als hätte er einen Röntgenblick und könnte durch die Wände sehen. »Und sie sind hier.«

»Wer?«

»Sieh nach«, drängte er und schob sie aus der Küche.

Verwirrt musste sie sich fragen, wen er eingeladen hatte. Sie hatte keine Familie, außer –

Annabelle kam mit ihrer Weihnachtsmütze herein und rief fröhlich: »Frohe Weihnachten!«

»Squishy!«, schrie Kylie, als sie sich auf ihre Tochter stürzte und sie fest umarmte. »Was machst du denn hier?«

»Daddy hat mich hergebracht.« Annabelle warf einen Blick über die Schulter, und Kylie sah Howard dort stehen, der Mantel und eine Mütze trug, die

Annabelle ausgesucht haben musste, da der Grinch darauf abgebildet war.

»Danke«, sagte sie.

Ihr Ex seufzte. »Eigentlich musst du Gunner danken. Er hat mich überredet, das Richtige zu tun, auch wenn es meine Eltern verärgert hat. Aber es ist nur für ein paar Stunden. Ich habe versprochen, sie zum Abendessen zurückzubringen.«

»Juhu!«, rief Kylie. Sie schenkte Gunner ein strahlendes Lächeln. »Das beste Geschenk aller Zeiten.«

Er zwinkerte ihr zu. »Ich hatte Hilfe von einem tollen Vater.«

Eine Behauptung, bei der Howard unbeholfen von einem Fuß auf den anderen trat.

Kylie zerrte Annabelle praktisch ins Haus. »Komm, wir machen die Geschenke auf.«

Squishy kicherte. »Gib mir eine Sekunde. Ich muss erst pinkeln.«

Ihr Kind lief los, und Kylie hängte ihre Jacke auf und hielt inne, als sie das Gemurmel von Männerstimmen hörte. Gunner war nach draußen gegangen, um mit Howard zu reden, und obwohl es vielleicht falsch war, lauschte sie.

»Ich weiß es wirklich zu schätzen, dass du das Kind hergebracht hast«, sagte Gunner.

»So gern ich auch ein Arschloch wäre, Annabelles Bedürfnisse sind wichtiger als meine Kleinlichkeit.«

Diese Bemerkung brachte Gunner zum Lachen. »Das Richtige zu tun ist schwieriger, als die Leute einem weismachen wollen.«

»Was du nicht sagst.«

»Was ist mit dem Problem, das wir besprochen haben? Hast du es schon gelöst?«

Kylie hielt den Atem an. Sie konnte nur vermuten, dass Gunner sich auf das Geheimnis bezog, von dem er ihr erzählt hatte.

Howard senkte die Stimme um eine Oktave. »Ich bin jetzt auf dem Weg dorthin, um mich darum zu kümmern. Der Buchmacher war allerdings nicht erfreut darüber, wie sehr du seine Schläger vermöbelt hast.«

»Dann hätten sie nicht versuchen sollen, Kylie und Annabelle da hineinzuziehen.« Gunners fester Tonfall ließ ihr einen Schauer über den Rücken laufen.

»Ich weiß zu schätzen, dass du meinem Kind den Rücken freihältst.«

Zu ihrer Überraschung sagte Gunner: »Dir auch, wenn du es mal brauchst. Ein Mädchen sollte nicht ohne seinen Vater sein.«

»Nun, ich hoffe, dass ich dieses Angebot nie in Anspruch nehmen muss. Das war eine ernüchternde Lektion. Ich werde niemals wieder spielen«, schwor Howard.

»Sag niemals nie. Vielleicht will ich dich gelegentlich beim Pokern abzocken, nur so zum Spaß.«

Howard lachte. »Das Einzige, worum ich von jetzt an spiele, sind Kisten mit Bier, wie wir es im College gemacht haben.«

»Hört sich gut an. Fröhliche Weihnachten, Keeler.«

»Fröhliche Weihnachten, Hendry.«

Kylie entfernte sich von der Tür, bevor Gunner sie beim Lauschen erwischte. Sie hatte sich gerade auf die Couch fallen lassen, als Annabelle hereinstürmte.

»Zeit für Geschenke!«, trällerte sie.

Papier flog durch die Luft und aufgeregtes Geplapper ertönte, als Annabelle jedes einzelne Geschenk als perfekt bezeichnete, angefangen beim Videospiel über das Schminkset bis hin zu den Karten für eine Monstertruck-Veranstaltung von Gunner.

Monstertrucks? Überrascht hatte sie das Wort mit dem Mund geformt, den Blick zu Gunner gerichtet.

Er hatte gezwinkert, aber später flüsterte er ihr zu: »Ich dachte mir, da du und Howard die künstlerische Seite abgedeckt habt, sollte ich sie in etwas anderes einführen.«

Was wahrscheinlich auch die Steinschleuder erklärte. Aber er hatte ihr nicht nur traditionell männliche Dinge besorgt, sondern holte auch ein riesiges rosa Einhorn aus dem Keller, auf das Annabelle sich lachend stürzte. »Es ist so flauschig!«

Aber als er ihr die Pläne für das Baumhaus zeigte

und anbot, sie mithelfen zu lassen, umarmte Annabelle ihn fest. »Danke.«

»Pah. Das ist gar nichts.«

Annabelle warf einen Blick auf die tränenüberströmte Kylie und schüttelte den Kopf. »Es ist alles.« Dann, in einem seltenen Moment der Offenheit, sagte ihr Kind: »Du weißt, wie man Mommy glücklich macht.«

Das wusste er wirklich.

Allzu bald kehrte Howard zurück, um Annabelle abzuholen, und obwohl es schwer war, sie gehen zu sehen, sagte sie kein abfälliges Wort, sondern winkte von der Haustreppe aus, bis sie außer Sichtweite waren.

Der Himmel verdunkelte sich und die Wolken wurden schwer mit weiterem Schnee.

Sie erinnerte sich an ihr Gespräch vom Vorabend und neckte Gunner. »Oh, oh. Ich schätze, die Wolfsshow wird wegen schlechten Wetters verschoben.«

Er betrachtete den Himmel. »Nein. Es wird ein wenig schwieriger, aber nicht unmöglich. Selbst wenn der Mond versteckt ist, ist er da oben.«

»Wie lange dauert es noch bis zum Striptease? Hast du keine Angst, dass du dir Erfrierungen an deinen Kronjuwelen holst?«

»Meinen Kronjuwelen wird es gut gehen«, schnaubte er.

»Wenn du das sagst. Es wäre eine Schande,

wenn ihnen etwas zustoßen würde«, murmelte sie und drehte sich in seinen Armen.

»Ich sollte dich jedoch warnen, dass ich mich, wenn ich mich verwandle, wahrscheinlich bis zum Morgen nicht werde zurückverwandeln können.«

»Wenn du damit sagen willst, dass wir es in der Hündchenstellung machen, muss ich ablehnen. Keine Hunde auf meinem Bett.«

Er lachte schallend. »Ich kann nicht glauben, dass du das gesagt hast, und nein, wir werden keinen Sex haben. Ich weiß, dass manche Kerle das in Ordnung finden und dass ihre Gefährtinnen damit einverstanden sind, aber ich bin es auf keinen Fall.«

»Also sind diese Werwolf-Freunde von dir verheiratet?«

»Ja. Tatsächlich wirst du sie bald kennenlernen. Sie sollten eigentlich jeden Moment auftauchen. Brock bringt seine Freundin aus London mit und Quinn ist mit einer Ärztin verheiratet.«

Hatte er sich wahnhafte Freunde gesucht oder spielten sie bei seinem psychischen Trauma mit? Vielleicht würde er mit Zeit und Liebe genügend heilen, um den Unterschied zwischen Fantasie und Realität zu erkennen.

»Was möchtest du zu Abend essen?«, fragte sie.
»Ich könnte einen Nudelauflauf zaubern.« Nicht gerade der traditionelle Truthahn, aber besser als

ihr ursprünglicher Plan, sich mit Eiscreme vollzustopfen.

»Nach dem Nachmittagssnack habe ich nicht wirklich Hunger«, sagte er und rieb sich den Bauch. Sie und Annabelle hatten ein paar Rice-Krispies-Kekse mit Schokoladenstückchen zubereitet, eine Schwäche von Gunner, der etwa ein Drittel davon gegessen hatte.

»Aber was ist mit deinem Wolf? Ich habe keine Dosen mit Hundefutter. Aber ich habe vielleicht noch Dosenfleisch im Schrank.«

»Als würde ich das essen.«

Ihr Telefon klingelte und sie zog eine Grimasse, als sie Howards Nummer sah. Obwohl sie, um ehrlich zu sein, keinen Grund hatte, sich über ihn zu ärgern. Er hatte heute sogar etwas Nettes getan, indem er Annabelle zu ihr gebracht hatte, auch wenn Gunner ihn dazu angetrieben hatte. Aber vielleicht war dies der Beginn einer weniger feindseligen gemeinsamen Elternschaft, was das beste Geschenk wäre, das sie sich hätte wünschen können.

Vielleicht war es ja Annabelle, die anrief.

Sie fuchtelte mit ihrem Handy herum. »Kannst du dir kurz das Bellen verkneifen, während ich mit Squishy rede?«

»Haha. So lustig.«

Sie antwortete. »Hallo?«

»Kylie!« Howard keuchte ihren Namen.

»Howard? Stimmt etwas nicht?« Sie waren vor nicht allzu langer Zeit losgefahren, und obwohl die Straßen frei waren, waren sie sicherlich glatt.

»Es gab einen Unfall.«

Eine Aussage, die ihr Herz zum Stillstand brachte. »Oh mein Gott. Annabelle, geht es ihr gut?«

»Nein, sie haben sie mitgenommen«, schluchzte Howard.

»Wer hat sie mitgenommen? Ist sie in einem Krankenwagen?«

»Nein. Ich habe meine Schulden bezahlt. Ich verstehe das nicht. Warum sollten sie sie mitnehmen?«

Ihr Blut gefror.

Gunner schnappte sich das Telefon und schaltete auf Lautsprecher. »Keeler, sag mir genau, wo du bist.«

»Auf der Straße. Ungefähr anderthalb Kilometer vom Haus meiner Eltern entfernt.« Seine Stimme wurde leiser. »Du musst mir helfen, sie zu finden. Sie haben sie entführt! Sie ist doch nur ein kleines Mädchen. Warum sollten sie das tun? Ich habe ihnen alles gegeben, was sie verlangt haben, und noch etwas mehr, damit sie mich in Ruhe lassen.«

»Bleib bei deinem Wagen. Ich bin schon auf dem Weg.«

Gunner reichte Kylie das Handy zurück und ging mit ihr auf den Fersen zur Tür.

»Bleib hier«, riet er ihr, während er die Füße in seine Stiefel schob.

»Nein.«

»Wenn Howard von diesen Schlägern redet, dann wird es gefährlich werden.« Er beschönigte es nicht.

»Das ist mir egal.« Ihre Stimme brach, als sie sagte: »Sie haben meine Squishy entführt!«

»Das werden sie bereuen.« Ein grimmiges Versprechen. »Ich werde sie zurückholen.«

Kylie konnte nicht sprechen. Ihre Kehle war vor Emotionen zugeschnürt. Sie zog ihren Mantel an, schnappte sich eine Mütze und Handschuhe für den Fall der Fälle, schlüpfte in ihre Stiefel und folgte ihm nach draußen. Leichter Schneefall hatte wieder eingesetzt.

Wer hat mein Baby entführt? Es mussten die Leute sein, denen Howard das Geld fürs Glücksspiel schuldete. Sie musste solche Angst haben.

Kylie rang die Hände, während er zu dem Ort fuhr, den Howard am Telefon genannt hatte. Wie sich herausstellte, war er leicht zu finden, denn sein Wagen lag halb im Graben und die Fahrerseite wies eine große Delle vom Aufprall auf. Das Fahrzeug, das ihn gerammt hatte, stand ein paar Meter davor, die Türen offen, die Motorhaube verbogen.

Howard stand neben seinem Wrack, die Schultern hochgezogen, den Kopf gesenkt.

In dem Moment, in dem sie aus dem Wagen stiegen, ging Howard auf Gunner zu und plapperte wie ein Wasserfall. »Sie müssen gewartet haben. Sie sind aus einer Seitenstraße herausgeschossen«, Howard zeigte darauf, »und haben mich vorn getroffen. Die Airbags haben ausgelöst, als wir in den Graben fuhren. Bevor ich aussteigen konnte, hatten sie sich Annabelle vom Rücksitz geschnappt.«

»Wer?«, fragte Gunner.

»Dieselben, die neulich Kylie sehen wollten.«

Kylie rastete aus. »Das ist deine Schuld!«

»Ich weiß«, gab Howard mit gebrochener Stimme zu. »Ich dachte, es würde reichen, sie zu bezahlen, aber sie sagten etwas vom Begleichen einer alten Rechnung. Eine Tochter für einen Bruder, was keinen Sinn machte.«

Nach Gunners zusammengekniffenen Lippen zu urteilen, schon. Eine Sekunde später wurde es Kylie klar. »Es geht um die Frau, von der du dachtest, sie sei auf Rache aus.«

Anstatt zu antworten, begann Gunner, sich auszuziehen.

Ihr fiel die Kinnlade herunter, aber es war Howard, der stotterte: »Was zum Teufel machst du da?«

»Ich werde Annabelle finden«, sagte er, als er sein Hemd auszog und seine muskulöse Brust entblößte.

Er ließ die Hände zu seiner Hose wandern und

Kylie kam wieder so weit zu sich, um zu sagen: »Jetzt ist nicht der richtige Zeitpunkt für deine Wahnvorstellungen. Wir müssen die Polizei rufen.« Was Kylie sofort hätte tun sollen, als Howard sie anrief.

»Die Polizei wird sie nie finden.« Gunners Aussage, während er sich seiner Hose entledigte.

Howard rief: »Kylie, was zum Teufel?«

Und dann murmelte auch sie: »Was zum Teufel?«, als ihr Geliebter sich zu verwandeln begann.

In einen Wolf.

KAPITEL SECHZEHN

Es gab weder einen einfachen noch einen sanften Weg, sich zu verwandeln, nicht wenn die Zeit drängte. Gunner gefiel es zwar nicht, dass Howard mit heruntergeklappter Kinnlade zusah, aber er machte sich mehr Sorgen um Kylie.

Sie starrte ihn mit großen Augen an. Er starrte eine Sekunde lang zurück.

Howard rief: »Du bist mit einem verdammten Werwolf zusammen!«

Ja, das war sie, und Keeler sollte besser auf seinen Tonfall achten, sonst würde Gunner ihn auffressen. Später. Nachdem er Annabelle gefunden hatte. Er konnte sie riechen, ebenso wie die, die sie entführt hatten. Wahrscheinlich war es ihr Plan gewesen, sich das Kind zu schnappen und ihren Wagen zu benutzen, nur waren sie zu hart aufgefahren, und das rechte Vorderrad hatte den Aufprall nicht überlebt.

Er hob den Kopf, um die Richtung zu verfolgen, die sie genommen hatten. Keine wirkliche Überraschung, sie waren in den Wald gegangen. Was ihm nicht gefiel? Es waren nicht nur die beiden Schläger, die er zuvor verprügelt hatte. Er roch einen dritten, und der faulige Geruch ließ ihn frösteln, denn er deutete auf ein Monster wie die hin, von denen er gedacht hatte, sie vernichtet zu haben, als sie Sascha in London ausgeschaltet hatten.

Joella musste es rekrutiert haben, und er konnte nur seinem Glücksstern danken, dass sie es nicht schon früher auf sie gehetzt hatte. Die Monster waren schwer zu töten, fühlten keinen Schmerz, heilten schnell und waren blutrünstig. Er würde vorsichtig sein müssen. Der leichte Schneefall erschwerte die Verfolgung ein wenig, da er die hinterlassenen Spuren verwischte und die Sicht verschlechterte. Aber seine Nase blieb auf der Fährte, die ihn in gerader Linie durch den Wald führte, sodass er nur vermuten konnte, dass sie ein Ziel in der Nähe hatten.

Die Spur führte ihn zu einer schneebedeckten, unbefestigten Schotterauffahrt. Obwohl er wusste, dass sie ihn wahrscheinlich beobachteten, trabte Gunner die Einfahrt hinauf, aufmerksam auf Bewegungen und Geräusche achtend.

Während er sich auf die Vorderseite konzentrierte, verdeckte der an ihm vorbeiziehende Wind die Bedrohung in seinem Rücken. Die Bestie griff an und er hatte kaum Zeit, sich zu wappnen, als sie ihn traf. Das haarige Wolfsmonster mit den fledermausähnlichen Zügen fauchte, als es ihn packen und reißen wollte.

Gunner wand und drehte sich, während er die Zähne fletschte. Die Bestie wich zurück und knurrte. Gunner war im Nachteil, denn das Wolfsmonster hatte Klauenhände, mit denen es greifen konnte. Doch seine Zielstrebigkeit wurde ihm zum Verhängnis. Es war so sehr darauf bedacht, Gunner die Kehle herauszureißen, dass es nicht bemerkte, wie Gunner sich so positionierte, dass er die Hinterbeine in den weichen Unterleib des Ungeheuers bohren konnte, wobei er die Krallen anspannte und das Fleisch durchstach. Nicht genug, um es auszuweiden, aber die Kreatur hatte genügend Verstand, um zu erkennen, dass sie sich zurückziehen und sammeln musste.

Als würde er das zulassen. Gunner stürzte sich auf die Bestie, nicht auf den Kopf oder den Hals, wie sie erwartet hatte, sondern auf die Beine, wo er Knöchel und Schienbein mit seinem kräftigen Kiefer umschloss und so fest zubiss, dass die Knochen brachen. Selbst seine Fähigkeit, Schmerzen zu ignorieren, konnte das Monster nicht aufrecht halten. Es schlug auf dem Boden auf, und Gunner sprang auf und verschwendete keine Zeit damit, einen Arm zu brechen, als sei er ein dünner Zweig.

Als Nächstes war das Genick an der Reihe, das er zerquetschte, bis die Bestie erschlaffte.

Gunner spuckte das Fell und das Blut aus, wischte seine Schnauze im Schnee ab und färbte ihn rot. Ein Monster war tot, und er wusste nicht, ob es noch mehr gab. Er hoffte es nicht.

Er ging weiter die Auffahrt hinauf und entdeckte Lichter in der Ferne, ein schwaches Leuchten inmitten des dicht fallenden Schnees. Der Weg endete auf einer großen Lichtung, auf der ein Haus stand, das sich noch im Bau befand und außen mit dem Plastik überzogen war, das vor der Verkleidung angebracht wurde. Die Fenster und Türen waren bereits eingebaut, was ärgerlich war, da er Pfoten und keine Hände hatte.

Aber er hätte wetten können, dass Joella ihn erwartet hatte, da die Haustür plötzlich aufschwang.

Eine Falle? Ganz bestimmt, aber Annabelles Geruch führte nach drinnen, also hatte er keine Wahl.

Er schritt langsam hinein, die Augen geradeaus gerichtet, aber mit wachen Sinnen. Auf jeder Seite des Eingangs stand ein Mann, ihr Geruch der von Fremden. Er roch kein Waffenöl, aber das bedeutete nicht, dass sie unbewaffnet waren.

Wahrscheinlich war ihnen gesagt worden, sie

sollten nicht angreifen, denn Joella saß grinsend auf einem nicht eingebauten Küchenschrank. Nicht so das Mädchen, das unter ihren Füßen kauerte.

»Du bist schneller hier als erwartet. Ich wusste, du würdest wegen des Mädchens kommen.«

Ein Mädchen, das Feuer in dem Blick zeigte, mit dem sie ihre Entführerin anfunkelte. Flankiert wurde Joella von den verprügelten Schlägern, die seine Warnung ignoriert hatten. Eine zweite würden sie nicht bekommen.

Er fletschte die Zähne. Der kleinere Schläger mit den Gesichtstattoos zog ein Springmesser. Blödmann. Er sollte hoffen, dass er gut und schnell zielen konnte, denn Gunner würde nicht spielen. Da er in der Unterzahl war, musste er präzise und tödlich sein.

Er stieß ein leises Knurren aus.

Joella tippte sich ans Kinn. »Ich glaube, du bittest mich, das Mädchen gehen zu lassen. Aber ich denke, sie wird nützlich sein, um dich unter Kontrolle zu halten, während ich die letzte Forschung meines Bruders verabreiche.« Sie schnippte mit den Fingern, und der große Schläger mit der gebrochenen und gerichteten Nase hob einen großen schwarzen Koffer hoch. Er öffnete ihn, um fünf Fläschchen zu offenbaren, die mit einer giftig aussehenden, trüben Flüssigkeit gefüllt waren.

Es drehte Gunner den Magen um, sie zu sehen, da er wusste, was sie anrichten konnten. Das Monster, das er getötet hatte, war ein Paradebeispiel dafür.

»Das war die letzte Charge, die er je hergestellt hat, und da seine Aufzeichnungen wegen dir und deiner Freunde verschwunden sind, werden wir nie in der Lage sein, seine Brillanz zu reproduzieren. Aber ich bin niemand, der Dinge verkommen lässt, und ich dachte, warum sollte ich sie nicht jemandem geben, der es wert ist, zum Beispiel der Person, die an seinem Tod beteiligt war.«

Er war eigentlich nur ein Zuschauer gewesen, als Brock Sascha in Stücke riss. Doch Brock erwies sich als immun gegen Saschas Experiment.

Es sollte erwähnt werden, dass Gunner bereit gewesen wäre, sich von ihr eine Injektion geben zu lassen, hätte er geglaubt, dass Annabelle sicher freigelassen werden würde. Joellas Verdorbenheit bedeutete jedoch, dass man ihr nicht trauen konnte. Sie würde nicht zögern, ein Kind zu verletzen oder zu töten.

Was bedeutete, dass er handeln musste. Vier Kerle und Joella, plus ein süßes Mädchen, das er nicht traumatisieren wollte, bedeuteten, dass er trickreich vorgehen musste. Er starrte Annabelle an und wünschte, er könnte ihr sagen, sie solle keine Angst haben. Dass sie sich verstecken solle, bis es vorbei war.

Sie legte den Kopf schief und blickte dann zu

sollten nicht angreifen, denn Joella saß grinsend auf einem nicht eingebauten Küchenschrank. Nicht so das Mädchen, das unter ihren Füßen kauerte.

»Du bist schneller hier als erwartet. Ich wusste, du würdest wegen des Mädchens kommen.«

Ein Mädchen, das Feuer in dem Blick zeigte, mit dem sie ihre Entführerin anfunkelte. Flankiert wurde Joella von den verprügelten Schlägern, die seine Warnung ignoriert hatten. Eine zweite würden sie nicht bekommen.

Er fletschte die Zähne. Der kleinere Schläger mit den Gesichtstattoos zog ein Springmesser. Blödmann. Er sollte hoffen, dass er gut und schnell zielen konnte, denn Gunner würde nicht spielen. Da er in der Unterzahl war, musste er präzise und tödlich sein.

Er stieß ein leises Knurren aus.

Joella tippte sich ans Kinn. »Ich glaube, du bittest mich, das Mädchen gehen zu lassen. Aber ich denke, sie wird nützlich sein, um dich unter Kontrolle zu halten, während ich die letzte Forschung meines Bruders verabreiche.« Sie schnippte mit den Fingern, und der große Schläger mit der gebrochenen und gerichteten Nase hob einen großen schwarzen Koffer hoch. Er öffnete ihn, um fünf Fläschchen zu offenbaren, die mit einer giftig aussehenden, trüben Flüssigkeit gefüllt waren.

Es drehte Gunner den Magen um, sie zu sehen, da er wusste, was sie anrichten konnten. Das Monster, das er getötet hatte, war ein Paradebeispiel dafür.

»Das war die letzte Charge, die er je hergestellt hat, und da seine Aufzeichnungen wegen dir und deiner Freunde verschwunden sind, werden wir nie in der Lage sein, seine Brillanz zu reproduzieren. Aber ich bin niemand, der Dinge verkommen lässt, und ich dachte, warum sollte ich sie nicht jemandem geben, der es wert ist, zum Beispiel der Person, die an seinem Tod beteiligt war.«

Er war eigentlich nur ein Zuschauer gewesen, als Brock Sascha in Stücke riss. Doch Brock erwies sich als immun gegen Saschas Experiment.

Es sollte erwähnt werden, dass Gunner bereit gewesen wäre, sich von ihr eine Injektion geben zu lassen, hätte er geglaubt, dass Annabelle sicher freigelassen werden würde. Joellas Verdorbenheit bedeutete jedoch, dass man ihr nicht trauen konnte. Sie würde nicht zögern, ein Kind zu verletzen oder zu töten.

Was bedeutete, dass er handeln musste. Vier Kerle und Joella, plus ein süßes Mädchen, das er nicht traumatisieren wollte, bedeuteten, dass er trickreich vorgehen musste. Er starrte Annabelle an und wünschte, er könnte ihr sagen, sie solle keine Angst haben. Dass sie sich verstecken solle, bis es vorbei war.

Sie legte den Kopf schief und blickte dann zu

Joella: »Warum redest du mit dem Wolf, als sei er ein Mensch?«

»Weil er einer ist. Das ist Gunner, der Freund deiner Mommy. Überraschung, er ist ein Werwolf.«

Annabelle starrte mit offenem Mund in seine Richtung. »Gunner? Bist du das?«

Er wippte mit dem Kopf, unsicher, ob er ihr mit der Wahrheit mehr Angst machen würde oder nicht.

Sie lächelte. »Ich wusste, dass mein Held mich holen würde.«

Die Behauptung brachte Joella zum Kichern. »Dein Held wird gleich seine gerechte Belohnung erhalten.«

»Falsch. Du bekommst sie.« Annabelle sprang auf und rannte so schnell los, dass sich zunächst niemand rührte.

Aber dann, als die Männer ihr zu folgen begannen, schrie Joella: »Ihr Idioten, sie will euch nur ablenken.«

Und das hatte sie gut gemacht. Der Mann zu seiner Linken drehte sich von Gunner weg, weshalb Gunner ihn zuerst ausschaltete, indem er sich auf seinen Oberschenkel stürzte und zubiss. Das herausschießende Blut zeigte an, dass er eine Arterie getroffen hatte. Volltreffer. Er ließ los, in dem Wissen, dass es nicht mehr lange dauern würde, bis der Kerl auf dem Boden landete. Sein Kumpel auf der anderen Seite begann, sich in seine Richtung zu bewegen, als Gunner den Kopf herumriss und knurrte.

Das ließ den Kerl innehalten, aber nur für eine Sekunde, denn Joella schrie: »Du Idiot, setz den Taser ein.«

Der Kerl riss einen Arm nach vorn, das Gerät in seiner Hand kaum ausgerichtet, bevor er es aktivierte. Gunner ruckte zur Seite und die Elektroden gingen daneben. Er tat es nicht.

Der Typ schrie auf und hielt sich die zerquetschte Hand an die Brust. Da das Geräusch Gunner störte, konnte er sich nur vorstellen, wie es auf Annabelle wirkte. Sein nächster Schritt bestand darin, so heftig gegen den Kerl zu prallen, dass dieser sich den Kopf aufschlug und ohnmächtig wurde. Oder starb. Es war eigentlich egal. Als Nächstes ging er auf den Kerl mit dem Aktenkoffer los. Diese Formel durfte nicht überleben.

Der unverschlossene Koffer wurde nach ihm geworfen. Zwei der Fläschchen rutschten auf den Boden, gingen jedoch nicht zu Bruch. Er ignorierte sie und knurrte in Richtung des großen Mannes.

Der Mann murmelte: »Scheiß drauf«, und lief durch einen unvollendeten Bogengang in einen anderen Raum. Es war nicht derselbe wie bei Annabelle.

Apropos, er sollte nach ihr sehen, da Joella ebenfalls verschwunden war. Aber nicht so der tätowierte Kerl. Er streckte sein Messer aus, als glaubte er wirklich, dass es helfen würde.

»Komm schon, Hündchen. Ich werde mir einen Mantel aus deinem Fell machen.«

Gunner schnaubte.

Der Kerl lief schreiend auf ihn zu. Gunner wich im letzten Moment zur Seite aus, wirbelte herum und stürzte sich auf Tattoos Beine. Tattoo ging zu Boden und bewegte sich nicht. Höchstwahrscheinlich aufgrund der sich ausbreitenden Blutlache unter ihm. Er hatte sich selbst erstochen, als er fiel. Ein unwürdiger Tod für ein unwürdiges Arschloch.

Damit blieb nur noch Joella übrig. Er ging in die Richtung, in die Annabelle verschwunden war, und fand beide Gerüche. Kein Wunder, Joella war hinter dem Kind her, in der Hoffnung, es als Geisel zu benutzen.

Aber Annabelle ließ sich das nicht gefallen. Sie hielt eine Nagelpistole in der Hand, die sie auf Joella richtete, und ihre Stimme zitterte, als sie sagte: »Bleib stehen, sonst ...«

»Göre!« Joella streckte eine Hand aus und Annabelle feuerte.

Der Nagel traf, aber das reichte nicht, um Joella abzuschrecken. Sie packte das Kind, das zappelte und sich wehrte.

Nicht lange. Gunner kam knurrend zu Hilfe, zog sich jedoch zurück, als Joella herumwirbelte und

Annabelle in den Schwitzkasten nahm, ihre Augen wild vor Wahnsinn und Verzweiflung.

»Wenn du mich anrührst, breche ich ihr das Genick.«

Er zweifelte nicht daran, dass sie das tun würde.

Joella trat einen Schritt zur Seite und zog Annabelle mit sich. Gerade als sie mit einem Grinsen auf den Lippen einen weiteren Schritt machte, handelte das Mädchen und neigte den Kopf so weit, dass sie in den Arm beißen konnte, mit dem sie festgehalten wurde.

Joella kreischte. Annabelle riss sich los und flüchtete hinter Gunner, der freie Bahn zu Joella hatte. Ein Sprung und er würde ihr die Kehle zerquetschen und ihre Schreckensherrschaft beenden.

Joella verzog die Lippen zu einem grotesken Lächeln. »Nur zu, zerreiß mich vor dem Mädchen. Lass sie sehen, was für ein Monster du bist.«

Er zögerte.

Joella lachte höhnisch. »Schwach. So schwach. Und du fragst dich, warum Sascha deine Art verbessern wollte.«

Er wich einen Schritt zurück. Auf Joellas Gesicht breitete sich ein triumphierendes Lächeln aus, und dann sprach Annabelle die Worte, die er nicht ignorieren konnte.

»Wenn du sie jetzt nicht loswirst, dann weißt

du, dass sie später wiederkommen wird. Was ist, wenn sie Mommy wehtut?«

Er schaute Annabelle an.

Sie starrte zurück und sagte leise: »Denk daran, was wir besprochen haben, wenn es um böse Jungs geht.«

Niemals zögern zu töten.

Er konnte nur hoffen, dass sie wegschaute, als er angriff. Joella hatte keine Chance zu schreien, als er ihr in den Hals biss und ihre Schreckensherrschaft beendete.

Gleichzeitig war es ein Schrecken für das Kind, das für immer traumatisiert sein würde.

Er senkte den Kopf, sich des Bluts in seinem Fell bewusst.

Die blasse Annabelle lief jedoch nicht schreiend davon. Sie näherte sich, legte eine Hand auf sein Fell und murmelte: »Mein Held.«

Er sah Annabelle aus dem Augenwinkel an und stellte fest, dass sie grinste. »Wie cool ist das denn? Meine Mom geht mit einem Werwolf aus.«

Mist. Er sollte ihr besser erklären, dass dies das größte aller Geheimnisse war, denn wenn die Cabal es herausfanden ... Sicherlich würden sie einem Kind nichts antun? Was war mit Kylie? Sie sollten besser nichts versuchen, sonst würden sie herausfinden, wie tollwütig er sein konnte.

»Wir sollten nach Daddy und Mommy suchen. Sie machen sich bestimmt Sorgen.«

Die Untertreibung des Jahres.

Er führte sie vom Ort des Geschehens zur Straße und nicht in den Wald. Die Auffahrt musste die Stelle sein, aus der das Fahrzeug gekommen war, bevor sie es in Howards Limousine hatten prallen lassen. Annabelle vergrub eine Hand in seinem Fell, als hätte sie Angst, ihn zu verlieren. Er konnte ihr nicht versichern, dass das trotz des dichten Schneetreibens nicht passieren würde.

Das Kind hatte Eier aus Stahl. Sie zitterte nicht vor Angst wie die meisten, die einem Wolf begegneten. Es schien sie auch nicht zu stören, dass er nicht antworten konnte, während sie sprach. »Warst du also schon immer ein Werwolf? In dem Buch, das ich gelesen habe, wurde der Junge als solcher geboren. Aber in einer Serie, die ich sehe, wurde der Mann gebissen.«

Er blickte zu ihr hinüber, zog eine Lefze hoch, um die Zähne zu zeigen, und hoffte, dass sie nicht schreiend weglaufen würde.

Das Kind lachte. »Gebissen. Wow. Das ist so wild.«

Sie war wild. Wer hätte gedacht, dass ein junger Mensch so mutig sein konnte?

Sie plapperte weiter, als sie sich dem Rand der Einfahrt näherten und etwa zweihundert Meter von den Fahrzeugen entfernt auf die Straße traten. Der Schnee wirbelte und tanzte über die Fahrbahn und verbarg die Unfallstelle so lange, bis Kylie aus dem

Pick-up sprang und schrie: »Squishy, Gott sei Dank bist du in Sicherheit.«

»Gunner hat mich gerettet!«

Kylie ließ den Blick zu ihm wandern. Ihre Augen weiteten sich schockiert, wahrscheinlich wegen des Blutes, das noch immer seine Schnauze bedeckte. Er hatte versucht, es im Schnee abzuwischen, aber außer einer Dusche konnte nichts die Klebrigkeit beseitigen.

Kylie mochte sprachlos sein, aber Howard war es nicht. »Geh weg von dem Monster!«

Kylie öffnete den Mund, als wollte sie etwas sagen, aber sie zögerte.

Bevor sie ihn zurückweisen konnte, entschlüpfte Gunner aus Annabelles Griff und floh in den Wald.

Dorthin, wo ein wildes Tier wie er hingehörte.

Allein.

KAPITEL SIEBZEHN

Kylie verarbeitete noch immer ihren Schock darüber, Annabelle mit einem Wolf aus dem Wald kommen zu sehen, weshalb sie einen Moment brauchte.

Einen Moment, um zu erkennen, dass das Blut auf dem Fell war.

Einen Moment, um zu erkennen, dass vertraute Augen ihre Reaktion abschätzten.

Einen Moment zu lange. Er wirbelte herum und verschwand aus ihrem Blickfeld.

»Gunner! Komm zurück!«, rief Annabelle, doch als sie ihm in den Wald hinterherlaufen wollte, ging Howard dazwischen und nahm sie auf den Arm.

»Gott sei Dank bist du in Sicherheit. Ich habe mir solche Sorgen gemacht«, murmelte er.

Kylie gesellte sich zu ihnen und strich mit einer

Hand über Annabelles feuchte Wange. Tränennasse Augen trafen die ihren.

»Mommy, du musst ihn finden.«

Wie sollte sie ihn finden? Der schnell fallende Schnee verwischte bereits seine Spuren.

»Lass ihn gehen. Ich wusste doch, dass mit dem Kerl etwas nicht stimmt.« Howard starrte finster in Richtung des Waldes.

Annabelle löste sich aus seiner Umarmung. »Gunner hat mich gerettet.«

»Er ist ein Mörder. Ein Monster«, erklärte Howard.

In mancher Hinsicht hatte er recht, aber … Sie schaute ihr Baby an. »Er hat unsere Tochter gerettet.«

»Vor Leuten, die hinter ihm her waren«, erwiderte Howard. »Klingt, als sei es sein Problem.«

»Sagt der Mann, der dafür gesorgt hat, dass wir bedroht wurden, als er in Schwierigkeiten war«, entgegnete Kylie scharf. »Oder hast du bequemerweise vergessen, dass Gunner dir aus der Klemme geholfen hat?«

Seine Augen weiteten sich. »Er hat es dir gesagt!«

»Er hat es getan, weil ihm unsere Sicherheit wichtiger war als das furchtbare Versprechen, das du ihm abringen wolltest. Wie konntest du nur, Howard? Unser Kind in Gefahr bringen, weil du spielen wolltest?« Sie trat auf ihn zu und hätte ihm vielleicht wirklich den Hals umgedreht, wenn Annabelle nicht plötzlich gesagt hätte: »Da kommt jemand.«

Die Scheinwerfer im aufgewirbelten Schnee verwandelten sich in einen verdunkelten Geländewagen, wie die Polizei ihn gern benutzte. Das Zivilparkzeug parkte hinter dem Pick-up, es wurde jedoch kein Blaulicht eingeschaltet.

Bitte, nicht die Polizei. Sie hatte keine Ahnung, was sie sagen sollte.

Menschen stiegen aus, zwei Männer und zwei Frauen.

Der Mann mit den kurz rasierten Haaren starrte sie an und sagte: »Du musst Kylie sein, Gunners Verlobte.«

»Wir sind nicht verlobt«, war ihre dumme Antwort.

Eine wunderschöne Frau mit langem, zurückgebundenem Haar schritt auf den Waldrand zu. »Ich rieche Blut und Wolf.« Sie richtete einen unheimlichen Blick auf Kylie. »Wo ist Gunner?«

»Wer seid ihr?«, fragte sie stattdessen.

»Freunde«, antwortete der Kerl mit den kurzen Haaren. »Ich bin Brock. Das sind Quinn und Dr. Silver. Und die Frau, die in den Wald marschiert, ist meine nervtötende Prinzessin. Arianna, geh da nicht ohne mich rein«, brüllte er.

Als Antwort zeigte Arianna ihm den Mittelfinger.

Howard bewegte den Kopf hin und her, als er sie

ansah, bevor er murmelte: »Warum habe ich den Eindruck, dass Gunners Freunde genauso sind wie er?«

Quinn grinste. »Verdammt, ich hoffe nicht. Er ist ein widerspenstiger Mistkerl.«

Kylie atmete schockiert aus. »Nicht solche Worte, hier ist ein Kind anwesend!«

»Bist du sicher, dass sie Gunners Gefährtin ist?«, murmelte die Ärztin, während sie eine Tasche aus dem Wagen holte.

»Können wir uns den Small Talk für später aufheben?«, warf Brock ein. »Was ist passiert? Wo ist Gunner?«

Annabelle deutete auf den Wald. »Er hat mich vor den Bösewichten gerettet und mich zu meinen Eltern zurückgebracht. Aber dann ist er weggelaufen.«

»Er war blutverschmiert«, fügte Kylie hinzu. »Ich weiß nicht, ob es seins war.«

»Das meiste davon stammt von den Bösewichten«, erklärte Annabelle mit einigem Stolz.

Howard zuckte zusammen.

»Der blöde Wichser sollte auf uns warten, bevor er Joella verfolgt«, murmelte Brock. »Gut, dass ich sein Handy geortet habe, sonst hätten wir euch nie gefunden.«

Kylie hob das Kinn. »Meine Tochter wurde entführt. Er wollte nicht warten, um sie zu retten.«

»Immer spielt er den Helden.« Brock schüttelte

den Kopf. »Ich schätze, wir sollten ihn lieber rausholen, bevor er wieder in einen zehnjährigen Trübsinn verfällt.«

Als sie seinen Freund das laut sagen hörte, wurde ihr klar, dass Gunner mit seinem geistigen Zustand keinen Scherz gemacht hatte. Ein Zustand, der von ihr verursacht worden war, weil er dachte, sie würde ihn nicht akzeptieren.

Dass sie nicht in der Lage wäre, einen Werwolf als Ehemann zu akzeptieren.

Konnte sie das?

Sie schaute ihre Tochter an, die leise sagte: »Wir müssen ihn finden, Mommy. Er sah so traurig aus.«

Howard warf ein: »Du gehst nirgendwo hin als nach Hause.«

»Ich will helfen!«, schnaubte Annabelle.

»Warum bereitest du nicht einen heißen Kakao und ein paar Snacks vor? Er wird bestimmt hungrig sein.« Kylie bot eine beruhigende Alternative an.

»Du kannst doch nicht ernsthaft glauben, dass ich ihn in die Nähe unserer Tochter lasse«, rief Howard.

Ihre Tochter verschränkte die Arme und schob die Unterlippe vor. »Gunner ist ein Held.«

»Das ist er in der Tat, Schätzchen«, erklärte Quinn. »Wie wäre es, wenn du mir das alles zu Hause bei deiner Mutter erzählst. Ich bin sicher, deine Mom würde es begrüßen, wenn meine Frau einen Blick auf dich wirft, um sich zu vergewissern, dass es dir gut geht.«

»Wir sind zum Abendessen mit meinen Eltern verabredet«, protestierte Howard.

Brock lehnte sich dicht an ihn heran und zischte: »Du wirst mit Quinn gehen, und du wirst dich benehmen, oder, so wahr mir Gott helfe, ich werde vergessen, dass Weihnachten ist, und dir die Zunge rausreißen.«

Howard blinzelte und nickte.

Als sie in den Geländewagen stiegen, warf Brock einen Blick auf Kylie. »Gehst du mit ihnen?«

Es war verlockend, diese stürmische Straße zu verlassen und in die Vertrautheit und Sicherheit ihres Zuhauses zurückzukehren. Aber Gunner war draußen in diesem Wald, allein und verletzt. »Ich komme mit dir.«

Im Wald war es still, bis auf sie. Sie schnaufte. Sie ließ den Schnee knirschen. Anders als der Mann, der sich wie ein Geist vor ihr bewegte. Manchmal dachte sie, sie hätte ihn verloren, und die Angst ließ sie scharf einatmen. Dann tauchte Brock an ihrer Seite auf und zeigte auf etwas.

Er folgte einem Weg, den nur er sehen konnte, und es kam ihr in den Sinn, dass sie ihm ihr Leben anvertraute, denn in der Dunkelheit und bei dem fallenden Schnee hätte sie den Rückweg niemals finden können.

Als sie eine kleine Lichtung erreichten, auf der

ein unfertiges Haus stand, stolperte sie. Es bedurfte keiner wilden Vermutung, um zu erkennen, dass Annabelle dorthin gebracht worden war. Die weit geöffnete Eingangstür machte es deutlich. Arianna stand draußen und wartete auf sie.

Ihre Zähne blitzten auf, als sie sagte: »Wird auch Zeit, dass ihr nachkommt.«

»Sagt die Prinzessin, die dem Drama entkommen ist.«

Arianna rümpfte die Nase. »Ich habe genug gehört.« Und dann fügte sie in einer kryptischen Nebenbemerkung an Kylie hinzu: »Mach dir keine Sorgen. Ich werde dafür sorgen, dass er sich nicht erinnert und dir das Leben zur Hölle macht. Das Kind auch, wenn du willst.«

Bevor Kylie fragen konnte, was sie meinte, schlüpfte Arianna in das Gebäude.

Kylie ging langsamer, da sie nicht sicher war, ob sie hineinsehen wollte.

Brock bemerkte ihr Zögern. »Du willst vielleicht nicht reingehen.«

Wie sich herausstellte, musste sie das auch nicht.

Ein Wolf erschien in der offenen Tür. Er warf einen Blick auf sie und heulte.

Zu ihrer Überraschung blaffte Brock: »Fang du nicht damit an.«

Der Wolf schenkte ihm einen vorwurfsvollen Blick.

»Ist dir jemals in den Sinn gekommen, dass sie mit mir und Prinzessin hier ist, weil sie es will? Weil ihr etwas an dir liegt?« Brock fuchtelte mit den Händen.

Der Wolf blickte sie an, dann wieder weg.

Sie trat einen Schritt näher und murmelte leise: »Es tut mir leid wegen vorhin, Gunner. Ich wollte nicht, dass du dich schlecht fühlst. Diese ganze Situation ist ein bisschen seltsam.«

Arianna schnaubte, als sie auftauchte. »Warte, bis du herausgefunden hast, was ich bin.«

»Nicht jetzt, Prinzessin. Siehst du nicht, dass sie einen Moment haben?«, warf Brock ein.

Kylie war neugierig zu erfahren, was sie meinte, aber das konnte warten. Sobald sie die Sache mit Gunner in Ordnung gebracht hatte.

Mit wenigen Schritten kam sie ihm so nahe, dass sie ihn hätte berühren können. Sie hielt die Hände verschränkt, als sie sagte: »Ich schätze, du hast bei der Werwolfsache die Wahrheit gesagt.«

Er schnaubte.

»Heißt das, wir müssen eine Hundehütte im Garten bauen?«

Brock lachte schallend. »Bitte tu das und schicke ihn jedes Mal rein, wenn er ein Dummkopf ist.«

»Also, Hündchen, das ist nicht nett. Wenn Gunner so wäre wie du, wäre er ständig dort drin«, warf Arianna ein.

»Hey!«, protestierte Brock.

»Lassen wir sie in Ruhe reden und ich zeige dir, womit wir es drinnen zu tun haben.« Arianna schubste ihn, und obwohl sie zierlich sein mochte, schaffte sie es, Brock ins Straucheln zu bringen, während dieser grummelte: »Herrisches Weib. Es ist, als würdest du mich absichtlich zum ungünstigsten Zeitpunkt heißmachen.«

Sie verschwanden im Haus und ließen Kylie mit dem Wolf allein.

Einem Wolf, der ihr nie etwas antun würde.

»Darf ich?« Sie streckte eine Hand aus und wartete auf sein Nicken, bevor sie ihren Handschuh auszog und mit den Fingern durch sein Fell fuhr.

Grob, aber nicht übermäßig. Die äußere Schicht war gefroren, aber als ihre Finger in das tiefere Fell eindrangen, war es warm.

Sie ging in die Hocke, um sich mehr auf Augenhöhe zu begeben, und murmelte: »Es tut mir leid, dass du dachtest, ich würde diesen Teil von dir nicht akzeptieren.«

Er schnaubte heftig.

»Ich schätze, du hast doch keine Wahnvorstellungen.«

Er schnaufte, als würde er lachen.

»Von dieser ganzen Tötungssache bin ich noch immer nicht begeistert«, erklärte sie. »Aber in diesem Fall bin ich froh, dass du dafür gesorgt hast, dass die Leute, die versucht haben, meinem Baby etwas anzutun, es nie wieder tun können.«

Sein leises Knurren entlockte ihr ein Kichern.

»Ich schätze, ich muss mir keine Sorgen machen, dass jemand sich mit uns anlegt.«

Sein Kopf wippte.

»Falls es nicht klar war, das ist meine Bitte an dich, zu bleiben.«

Er scharrte mit den Pfoten auf dem Boden.

»Ich nehme an, das ist ein Ja.«

Er warf sie beinahe um, als sein ganzer Körper vor Aufregung wackelte.

Der ausladende Schwanz ließ Brock, der gerade mit Arianna zu ihnen gestoßen war, ausrufen: »Meine Güte, Bruder, steck das Ding weg, bevor du jemanden umhaust.«

Gunner kläffte.

»Braver Junge.« Brock wollte ihn streicheln und Gunner fletschte die Zähne. Der andere Mann lachte, scheinbar völlig ungerührt. »Schön, dass du deine Einstellung noch nicht verloren hast. Aber wie wäre es, wenn du dein Fell verlierst? Ich bin mir ziemlich sicher, dass deine kleine Lady es vorziehen würde, wenn du ihr einen richtigen Kuss geben könntest, anstatt zu versuchen, an ihrem Schritt zu schnüffeln.«

»Er hat mir gesagt, dass er vor morgen früh vielleicht nicht in seine menschliche Gestalt zurückkehren kann.«

»Bah. Das liegt daran, dass er nur ein einfacher Lykaner ist. Gut, dass er mich hat, um ihn in

Ordnung zu bringen.« Brock packte ihn am Kopf und starrte ihn lange und intensiv an, bevor er leise brummte: »Verwandle dich.«

Es klang albern. Doch es funktionierte. Vor ihren ungläubigen Augen wich das Fell zurück und die Gliedmaßen formten sich neu, bis ein völlig nackter und zitternder Gunner vor ihr stand.

Sie warf sich ihm an den Hals, um ihn zu umarmen, aber als sie ihn küssen wollte, wandte er das Gesicht ab. »Vielleicht solltest du warten, bis ich mir die Zähne geputzt habe.«

»Verdammt, damit hätte ich wohl besser warten sollen, bis wir am Wagen sind, damit du dir eine Hose anziehen kannst.« Brock fügte hinzu: »Ich will nicht, dass meine Prinzessin den Schwengel eines anderen Kerls bewundert.«

»Bitte. Jeder weiß, dass Schwänze nicht das sind, was Frauen bewundern. Es geht nur um ihre großen ...« Arianna sah Kylie an und zwinkerte, bevor sie sagte: »Herzen.«

Brock protestierte. »Nennst du mich etwa weich?«

Der zitternde Gunner schaffte es dennoch zu witzeln: »Bruder, ich habe deine Strickjacken im Schrank in deinem Ferienhaus am Meer gesehen.«

»Weil es dort kühl ist«, erklärte Brock.

»Mit Flicken an den Ellbogen«, fügte Gunner grinsend hinzu.

»Meine Kleidung muss widerstandsfähig sein.«

»Wo wir gerade dabei sind, meine ist im Wagen«, bemerkte Gunner.

Kylie starrte auf seine Füße. »Du wirst noch Zehen verlieren, wenn du barfuß zur Straße gehst.«

»Ich kann ihn tragen«, bot Brock grinsend an.

Letzten Endes joggte Brock die Auffahrt hinunter, um die Kleidung zu holen, während sie mit Gunner im Haus saß und die Blutflecke auf dem Boden ignorierte. Wenigstens waren keine Leichen zu sehen, und sie ging nicht auf die Suche nach ihnen.

Gunner hielt ihre Hand und streichelte sie. »Tut mir leid, dass der Tag so verkorkst war.«

»Du bist am Leben, Annabelle ist in Sicherheit. Ich würde sagen, es hätte schlimmer kommen können.«

»Ich hätte dich besser beschützen müssen.«

»Ich gehe davon aus, dass diese Joella, die dahintergesteckt hat, uns nicht mehr belästigen wird?«

Er schüttelte den Kopf.

»Gibt es noch andere Feinde, um die ich mir Sorgen machen muss?«

Wieder eine Verneinung.

»Sei dir da nicht so sicher. Howard ist ziemlich ausgeflippt«, bemerkte sie mit einer Grimasse, als Arianna aus einem anderen Raum des Hauses zurückkehrte.

»Dein Ex wird kein Problem mehr sein, wenn ich mit ihm fertig bin«, erklärte die andere Frau.

»Du kannst ihn nicht umbringen! Er ist Annabelles Vater.«

»Keine Angst. Ich werde ihn nur ein paar Dinge vergessen lassen, und vielleicht seine Art ein wenig ändern.«

Kylie runzelte die Stirn. »Das verstehe ich nicht.«

»Darf ich es ihr sagen?«, fragte Gunner.

»Und mir den Spaß verderben?«, spottete Arianna. Sie lächelte. Breit. Reißzähne wurden sichtbar.

»Oh mein Gott, du bist ein Vampir?«, quiekte Kylie.

»Höchstpersönlich. Und bevor du ausflippst, nein, ich werde nicht dein Blut trinken. Dafür habe ich Brock. Aber ich werde deinen Ex so hypnotisieren, dass er denkt, er hätte einen Autounfall gehabt. Keine Werwölfe, keine Entführung. Nichts außer einer netten Rettung durch seine Ex-Frau und ihren neuen Freund. Klingt das gut?«

Kylie nickte. Und dann etwas zögerlicher: »Du wirst mich nicht vergessen lassen, oder?«

»Das hängt von dir und Gunner ab.«

»Mir geht's gut, aber Annabelle ...« Sie kaute auf ihrer Unterlippe.

Gunner legte eine Hand auf ihre. »Sie ist ein zähes Kind. Aber du bist ihre Mutter. Es liegt an dir.«

»Wird es ihr wehtun, wenn sie es vergisst?«

Arianna schnaubte. »Nein, aber bist du sicher, dass du das tun willst? Ich meine, wie cool wäre es für sie, einen Stiefvater zu haben, der gegen Bösewichte kämpft und sich in einen Wolf verwandelt?«

Kylie konnte sich ein Grinsen nicht verkneifen. »So wie ich mein Kind kenne? Es ist wahrscheinlich das Tollste überhaupt.« Ihr Gesichtsausdruck wurde nüchterner. »Ich mache mir allerdings mehr Sorgen über die Entführung und die Gewalt, die sie erlebt hat.«

»Entscheide dich nicht sofort. Besprich es erst mit ihr«, schlug Arianna vor.

Ein dröhnender Motor kündigte den Pick-up an, der mit Allradantrieb die Einfahrt hinaufpflügte. In kürzester Zeit hatte Gunner seine Kleidung angezogen, und sie saßen im Wagen und warteten.

Kylie fragte sich warum, bis Brock und Arianna auftauchten. Jeder hielt eine behelfsmäßige Fackel aus Holz in der Hand, die in einen brennenden Lappen eingewickelt war, den sie ausschüttelten und durch die offene Tür warfen, aus der Rauch quoll.

»Sie brennen das Haus ab?«

»Der beste Weg, um die Beweise zu verbergen.« Gunners leise Antwort.

»Aber die Leute, die gestorben sind ...« Deren Leichen noch drinnen sein mussten. »Werden die

Forensiker nicht trotzdem feststellen können, wie sie gestorben sind?«

»Nicht wenn sie es richtig inszenieren. Bedenke, dass wir unsere Spuren bereits seit Jahrhunderten verwischen.«

»Was ist mit den Fahrzeugen auf der Straße?«

»Mach dir keine Sorgen. Ich bin sicher, Brock und Arianna haben einen Plan.«

Ein Plan, der den dreisitzigen Pick-up nicht berücksichtigt hatte. Die beiden warfen einen Blick auf die vordere Sitzbank und Brock grinste. »Ich schätze, du fährst auf meinem Schoß, Prinzessin.«

»Ich dachte, Hunde sitzen gern hinten, die Hängebacken im Wind.« Arianna deutete mit einem Daumen auf die Ladefläche.

Kylie lehnte sich dicht heran und flüsterte: »Streiten sie immer so?«

»Ich glaube, das ist für sie das Vorspiel«, antwortete Gunner amüsiert.

Sie rümpfte die Nase. »Ich mag unsere Version lieber.«

Gunner lachte. »Das tue ich auch, Lily.«

Auf der Fahrt zum Haus wurde es eng, wobei der breitgebaute Brock sie an Gunner quetschte. Arianna saß zwar auf seinem Schoß, aber das schien sie nicht zu stören.

Die Straßen wurden hässlich, als sie ihr Haus erreichten. Es sah warm und gemütlich aus mit seiner Weihnachtsbeleuchtung, die ihnen den Weg wies.

Annabelle eilte aus der Tür, als sie vorfuhren. Gunner schlüpfte als Erster hinaus und half dann Kylie. Er hatte noch keine Gelegenheit gehabt loszulassen, als sie in eine Umarmung gequetscht wurden.

»Ihr seid zu Hause!«

»Als gäbe es irgendeinen Zweifel.« Arianna schnupperte, als sie an ihnen vorbeiging. »Rieche ich da etwa heißen Kakao?«

»Ja. Und Pizza. Quinn hat gleich fünf Stück bestellt.«

Und so endete ihr Weihnachtsfest, sie alle dicht gedrängt in ihrem Wohnzimmer, wo sie Pizza von Servietten aßen. Alle waren gesund und munter.

Der besänftigte Howard verbrachte die Nacht auf der Couch, da er wegen des Sturms nicht nach Hause fahren konnte. Natürlich stellte diese Gelassenheit sich erst ein, als Arianna mit ihm fertig war. Seine ersten Worte, als er Gunner sah, waren: »Halt dich von mir und meiner Tochter fern. Du und deine korrupten Freunde.«

Kylie hatte kein schlechtes Gewissen, dass sich seine Erinnerung an die Nacht änderte, nachdem Arianna ihr Ding gemacht hatte. Seiner Erinnerung nach war sein Wagen im Sturm liegen geblieben, und er war von Kylie und Gunner abgeholt worden. Er wusste nicht, dass jemand in sein Fahrzeug gerast war, nachdem er es stehen gelassen hatte. Dieselben Leute flohen vom Tatort und legten irgendwie ein Feuer in einem unfertigen Haus, wo sie umkamen.

Was Annabelle anging ... Kylie nahm sie zur Seite, um mit ihr zu reden.

»Ich weiß, der Abend muss beängstigend gewesen sein.«

Squishys Miene hellte sich auf. »Das war er, aber ich wusste, dass Gunner mich retten würde.«

»Trotzdem, diese Art von Gewalt –«

»War eklig, aber er hatte keine Wahl, Mommy.«

»Es gibt einen Weg, dich vergessen zu lassen«, bot sie an.

»So wie Arianna es mit Daddy gemacht hat?« Annabelle hatte gut aufgepasst.

»Ja.«

»Nein danke.«

Kylie wollte widersprechen, aber gleichzeitig wollte sie Annabelles Wünsche respektieren. Aber sie behielt sich das Recht vor zu handeln, falls ihr Kind Anzeichen eines Traumas zeigte.

Angesichts der späten Stunde und des Sturms blieb nicht nur Howard über Nacht.

Arianna und Brock übernachteten im Keller, was Kylie zwar als einen sehr ungemütlichen Ort empfand, aber sie bestanden darauf. Angesichts der Vampirsache machte es allerdings Sinn.

Quinn und die Ärztin nahmen ihr altes Schlafzimmer, obwohl ihnen das große Schlafzimmer angeboten worden war.

Als alle sich für die Nacht einrichteten, lagen sie und Gunner aneinandergeschmiegt da. Ein bemerkenswert banales Ende für einen aufregenden Tag.

Trotz allem flüsterte sie: »Danke, dass du mir das schönste Weihnachten überhaupt beschert hast.«

Er versteifte sich. »Wie kommst du darauf?«

»Weil du endlich zu mir zurückgekommen bist.«

Und das war alles, was sie jemals wollte.

EPILOG

Ein Jahr später ...

Die Weihnachtsbeleuchtung am Haus war nicht ganz so verrückt wie in dem Film *Schöne Bescherung*, aber nahe dran. Und Kylie liebte sie.

Seit er eingezogen war, hatte Gunner einen Haufen Arbeit an dem Haus geleistet, angefangen beim Neuanstrich der Fassade über die Neugestaltung der Veranda bis hin zur Instandsetzung des Gartens. Seine Bemühungen waren den Nachbarn aufgefallen, was dazu führte, dass er Handwerkerjobs mit strengen Arbeitszeiten annahm, sodass er zum Abendessen zu Hause war und am Wochenende freihatte. Denn, wie er sagte, hatte er schon genügend Zeit verpasst, um Erinnerungen zu schaffen.

Der Weihnachtsmorgen kam in Form eines Kreischens. »Mommy! Gus!« Das war der Name, den Annabelle für ihren Stiefvater angenommen hatte, der Kylie in diesem Sommer in einer privaten Zeremonie zu einer ehrbaren Frau gemacht hatte, an der nur seine Armeefreunde, deren Frauen, der mild gestimmte Howard und Annabelle teilnahmen.

Kylie ging mit ihrem Mann die Treppe hinunter und lächelte, als ihre Tochter im Wohnzimmer kicherte.

»Ich frage mich, was sie so aufgeregt hat«, murmelte sie. Squishy öffnete Geschenke normalerweise nicht ohne Kylie.

»Das wirst du schon sehen«, war Gunners geheimnisvolle Antwort.

Sie traten ein und sahen, wie Annabelle einen Welpen umarmte.

Kylies Augen weiteten sich, weil er wie ein Wolf aussah. Sie warf einen Blick auf Gunner, der mit den Schultern zuckte und zwinkerte. »Jedes Kind sollte ein Haustier haben.«

Das erklärte wahrscheinlich auch ihr Geschenk. Ein orangefarbenes Kätzchen, das Annabelle ihr nach dem Mittagessen präsentierte, als sie und Gunner aufbrachen, um eine vermeintliche Besorgung zu machen.

Als sie den weichen, schnurrenden Körper streichelte, legte Gunner einen Arm um sie. »Ich weiß, es ist kein Ersatz für die Kinder, die du dir gewünscht hast.«

Sie schaute ihn an und lächelte. »Ich habe bereits ein perfektes Kind und den Mann, den ich immer wollte.«

Sie bekamen beide das Happy End, das sie verdienten, und das erste von vielen heulend guten Weihnachtsfesten.

www.ingramcontent.com/pod-product-compliance
Lightning Source LLC
LaVergne TN
LVHW031539060526
838200LV00056B/4563

www.ingramcontent.com/pod-product-compliance
Lightning Source LLC
LaVergne TN
LVHW031539060526
838200LV00056B/4563